Only Sense Online 白銀の女神《ミューズ》

—オンリーセンス・オンライン—

アロハ座長

ファンタジア文庫

2391

口絵・本文イラスト　ゆきさん

Only Sense Online 白銀の女神《ミューズ》
オンリーセンス・オンライン

Myu's Party Players

ミュウ myu
β版では「白銀の聖騎士《パラディン》」と呼ばれ伝説となった攻略プレイヤー。本作の主人公。片手剣と光魔法を組み合わせた独自の〈魔法剣士〉スタイルで、最強を追い求めている
ヒノ Hino
β版時代からミュウとパーティを組んでいた元気いっぱいのプレイヤー。小柄な体格ながら、槍や槌などの重武器を用いて戦うアタッカー
ルカート Lucato
正式版がオープンしてほどなく、ミュウと出会った初心者プレイヤー。ミュウと冒険を進めるうち、〈司令塔〉としての能力が磨かれていく。剣と盾を使いこなす正統派の剣士

トウトビ Toutobi
ミュウたちとダンジョンで出会うことになる恥ずかしがり屋の女の子。【隠密】センスなどを駆使するアサシンスタイルのソロプレイヤーだったが、仲間とパーティを組むことになり、斥候役としての才能を開花させる
リレイ Rirei
参加する野良パーティでことごとく問題を起こしている魔法職のお姉さん。一方で、魔法センスの練度は高く、一撃の威力で勝負する火属性の魔法に長けている
コハク Kohaku
リレイとコンビを組む和装の魔法使い。いつもリレイの行動に悩まされているが、彼女との連携は抜群で、防御魔法なども得意としている

一話　ミュウとハイスピードレベリング

剛毛《ごうもう》の鎧《よろい》と反《そ》り返った牙《きば》を持ち、筋肉質な四肢《しし》で地面に立つ宿敵——ビッグボア。

そんな相手からの幾度《いくど》となく攻撃《こうげき》を受け止める。そして、隙《すき》を突《つ》いて、斬《き》り付けダメージを蓄積《ちくせき》していく。

そして、今度も——

「この勝負！　私が貰《もら》ったぁ！」

『プモォオオッ——』

ビッグボアは頭を振《ふ》るい、牽制《けんせい》するように反り返った牙を振り回す。

鳴き声で自らを鼓舞《こぶ》し、愚直《ぐちょく》なまでに真っ直《す》ぐな突撃《とつげき》を繰《く》り返す。私は、それを何度も正面から受け止め、反撃を加える……その予定だった。

「えっ……」

何が起こったのか分からなかった。

ただ事実としては、剣《けん》が折られ、破壊《はかい》された剣が掬《すく》い上げられ、光の粒子《りゅうし》となって手の中から零《こぼ》れて消えていく。

次の瞬間《しゅんかん》、猪《いのしし》の牙が迫《せま》り――

●

私は、小さい頃《ころ》からゲームが好きで、今でも大好きだ。

古いゲーム、新しいゲーム、家庭用にアーケード。

ロープレ、アクション、シューティング、アドベンチャー、格ゲー、音ゲー、クイズ
……お姉ちゃんとお兄ちゃんの友達もゲーム好きだから、色々なゲームを持ち寄って遊んだ。あんまりゲームが得意じゃないお兄ちゃんも楽しめるゲームを選んで、四人で遊んだり、勝つためにこっそりと一人でプレイしてゲームの腕《うで》を磨《みが》いたりした。

時間も忘れて色々なゲームを遊んだ。時々だけど、私自身がゲームの中に入り込んで全身でゲームの世界を感じてみたい。自分だけのキャラクター、自分しかなれない存在となってゲームしたい。そんな思いがあった。

でも、それは絶対にありえない。だって、どんなにゲームのキャラクターに自分を重ねても、そのキャラクターになれるわけじゃないんだから。

そんな絶対に叶《かな》わないと思っていた夢は、すぐ近くに来ていた。

「……【Only Sense Online】？」

「そうだ。そのＶＲゲームのβ《ベータ》テスターの募集《ぼしゅう》だ。これには、静《しずか》さんも参加――『私もやる！』――そう来ると思ったぜ」

お兄ちゃんの親友の巧《たくみ》さんに誘《さそ》われたＶＲＭＭＯＲＰＧのβテスターの抽選《ちゅうせん》も通って、私たちはβテストを遊び尽《つ》くした。

いつの間にか私は、【白銀の聖騎士《パラディン》】と呼ばれるプレイヤーになっていた。

β版の公開期間は、三か月。その間、効率よくレベル上げをすることができたプレイヤーがどれだけいたのかは知らない。だが正式版では、この経験が生きるはずだ。

一部の引き継《つ》ぎ要素を除き、レベルとアイテムはリセットされてしまう。

知り合いのプレイヤーとは、正式版のオープンで再会の約束をして、β版が終わりを迎《むか》えた。

そして、この夏休みに【Only Sense Online】が、正式版として帰って来る。

リセットされたけど、私は、もう一度【白銀の聖騎士】になると思う。

――今度は、もっと早くにパラディンになってみせる。

「それじゃあ、お兄ちゃん！ 先に行ってるからね！」

【OSO】《オンリーセンス・オンライン》の正式版オープンの日、私は、サーバーが開かれるのと同時に部屋に置かれたVR機材であるVRギアを装着して、ベッドに横になる。

お兄ちゃんは、早めのご飯の後片付けをして後からログインする予定だから、私は先に静お姉ちゃんと合流する。

β版のキャラクターデータを引き継いで、私は誰《だれ》よりも先に【OSO】の世界に降り立つ。

「──私は、帰って来た！」

私は、興奮をそのままに声を上げる。

降り立ったのは、第一の町の中央に位置する場所──東西と南北に延びる大通りの交差地点。

剣と魔法《まほう》のファンタジーらしく、中世ヨーロッパ風の巨大《きょだい》な外壁《がいへき》に囲まれた町並みは、煉瓦《れんが》造りの家と石畳《いしだたみ》がベースとなっており、所々に木材やガラス窓が使われたものだ。

大通りを逸《そ》れて裏路地に入れば、住宅地と憩《いこ》いの広場が用意されており、そこでは、

NPC《ノン・プレイヤー・キャラクター》たちが集まっておしゃべりしている。

次々とログインしてくるプレイヤーたちは、この町並みに圧倒《あっとう》されっぱなしだ。その一方で、町を眺《なが》める間もなく移動を開始している人たちもいる。

「風情《ふぜい》がないなぁ。って言っちゃ悪いけど、私もβ版では歩き回ったなぁ」

あの頃は、プレイヤーの数が限られており、自分の足で色々な情報を探し求めるしかなかったために、町全体の地理は頭に叩《たた》き込まれている。

少し移動しただけでβ版には見られなかった追加要素が所々に見られて、間違《まちが》い探しみたいで私の目を楽しませてくれる。

「さてと、まずは、センスの取得と静お姉ちゃん。ううん、ゲームだとセイお姉ちゃんとの合流かな」

私は、メニューを開き、センスの取得画面を選択《せんたく》する。

【Only Sense Online】のゲームシステムは、このセンスが全《すべ》ての基本と言っていいほど重要だ。

各プレイヤーは十のセンスの装備枠《わく》を持ち、それぞれのプレイスタイルに合わせてセンスを付け替《か》えることができる。

剣を持ちたい人は、【剣】のセンス。槍《やり》なら【槍】、魔法だと魔法に必要な複数のセンスを取得する必要がある。また戦闘《せんとう》系センスの他《ほか》にも、生産系センスや、ステータス上昇《じょうしょう》系、補助系、趣味《しゅみ》系と色々な種類がある。

スタンダードなセンス構成を選ぶもよし、挑戦《ちょうせん》的なセンス構成を選ぶもよし、生産や趣味という攻略とはかけ離《はな》れたセンス構成を選ぶもよし。

――プレイスタイルは、まさにonlyという謳《うた》い文句《もんく》は伊達《だて》じゃない。

そして、そんな私が選んだセンスは、これだ。

【剣ＬＶ１】【鎧ＬＶ１】【物理攻撃上昇ＬＶ１】【物理防御《ぼうぎょ》上昇ＬＶ１】【魔力ＬＶ１】【魔法才能ＬＶ１】【魔力回復ＬＶ１】【光属性才能ＬＶ１】【回復ＬＶ１】【気合いＬＶ１】

最初に取得したセンスは、この十個だ。β版での最後のプレイスタイルを意識しつつ、効率よくプレイをするためのセンス。この中のいくつかのセンスは、いずれ控《ひか》えに回る予定だが、使えないことはない。

各センスを軽く説明するならば、【剣】センスは剣に分類される武器によるダメージ判定の発生とダメージボーナス。【鎧】センスは、鎧を装備した時に防御力にボーナスが入る。この二つを、武器センスや戦闘系センスなんて呼ぶ。次に、【物理攻撃上昇】と【物理防御上昇】だ。武器や防具系のセンスのように何かを装備できるようになったり、【スキル】や【アーツ】のような——そう、必殺技《わざ》のようなものは取得できないけど、物理攻撃のATK《アタック》と物理防御のDEF《ディフェンス》のステータスに補正を与《あた》えてくれる。

これらのセンスをステータス上昇系と呼ぶ。

次は、魔法の基本である三つのセンス【魔力】【魔法才能】そして、魔法の属性。

この【魔力】は、プレイヤーにMPを与えるセンスで、さっき言った【スキル】や【アーツ】の発動には、このMPが必要になる。だから、魔法を使わないプレイヤーは【魔力】センスだけ持ってるって人もいる。

センス【魔法才能】は、これだけだと意味のないセンス。【魔力】と【魔法才能】、そして魔法の属性の三つがセットになって初めて効果を発揮する。

私の選んだ魔法の属性は【光属性才能】と【回復】。

属性センスには、火、水、風、土、光、闇《やみ》の六つの基本属性があり、それぞれに対応する魔法と属性耐性《たいせい》を得ることができる。

そして【回復】のような汎用《はんよう》センスは、その系統の補助魔法を覚えられる。

最後に、【魔力回復】と【気合い】のようなパッシブ効果――つまり自動で様々な効果を与えてくれる補助センス。

これらで私のセンスステータスは構成されている。

「目指すは、β版時代のステータス！　パラディン再び！」

「ミユウちゃん。楽しそうね」

「あっ、お姉ちゃん！」

私が振り返るとそこには、水色の髪《かみ》をしたおっとりとした女性が立っていた。チャームポイントである泣きボクロのある美女は見間違えるはずがない。β版でもよく見たセイお姉ちゃんのキャラクターだ。

私は、躊躇《ためら》うことなくその胸に飛び込むように抱《だ》き付く。

「お姉ちゃん！　久しぶりだ！」

「ええ、ミユウちゃんも久しぶりね」

ぎゅっと包み込んでくれるお姉ちゃんのおっぱいの柔《やわ》らかさを十分に堪能《たんのう》する。

ぽよーん、ぽよーん、と顔を押し付ければ反発する柔らかさだ。ふと視線を感じて周りを見れば、他のプレイヤーたちがお姉ちゃんのおっぱいに釘《くぎ》づけになっている。

「お姉ちゃんを勝手に見ない！」

「ミュウちゃん。いきなりどうしたの？」

セイお姉ちゃんは気が付いていないが、何人かのプレイヤーはこの魅惑《みわく》のおっぱいに見《み》惚《と》れてた！　そして、私の言葉にビクッて驚《おどろ》いて、そそくさと逃《に》げて行く。

お姉ちゃんのおっぱいは私のだ！　と内心で宣言する。

「それで、峻《しゅん》ちゃんは？」

「お兄ちゃんは、後片付けしてから来るって。お姉ちゃんはもうセンスを取った？」

「ええ、ちゃんと初期装備もあるわ」

そう言って、掲《かか》げて見せるのは、武器センスを選べば最初に貰《もら》える初期装備。お姉ちゃんは、【杖《つえ》】のセンスを手に入れたために、初心者の杖という装備を、私は剣《けん》なので初心者の剣という装備を手に入れた。

「お兄ちゃん来る前に買い物を済ませちゃう？」

「そうね。その方が、峻ちゃんに説明する時にスムーズにできるわね」

お姉ちゃんの同意を得て、善は急げとばかりにお姉ちゃんの手を引いて町中を歩く。

私たちが寄るお店はＮＰＣ《ノン・プレイヤー・キャラクター》の武器屋と雑貨屋だ。

武器屋には、ＮＰＣ製の武器や防具。雑貨屋には、冒険《ぼうけん》に必要な回復アイテムや消耗《しょうもう》アイテムなどが置いてある。

生産職プレイヤーが作るアイテムに比べたら効果は低いが、序盤《じょばん》の繋《つな》ぎになる装備だ。

「いらっしゃい。何にします？」

「すみません！　これの下取りと新しい武器、それから軽い鎧《よろい》をください！」

「私も杖の下取りと別の装備を」

私は、初心者シリーズの武器を売って、売ったお金とβ版から引き継がれてるG《ゴールド》を利用して、このお店で一番攻撃《こうげき》力の高い鉄シリーズの剣を複数本購入《こうにゅう》。そして、一番軽い鎧である革製《かわせい》の肩当《かたあ》ても買う。

革製の肩当ては、【鎧】センスの防御ボーナスを得るために装備する。

「よし！　私の買い物終わり！」

「ミュウちゃん。そんなに剣を買ったけど、それってインゴット用に？」

セイお姉ちゃんも同様に、既《すで》に自分の杖・オークスタッフを選び取り、両手で抱きしめるように握《にぎ》っている。

私がなぜ同じ装備を幾《いく》つも買うのかをセイお姉ちゃんが尋《たず》ねて来たので、少し曖昧《あいまい》に答える。

「半分正解かな？　後は、使い潰《つぶ》すための予備の剣」

今回買った鉄の剣は、主《おも》に鉱石の代用品だ。

「生産職の人に武器を作って貰うのに鉱石を採りに行く時間が勿体無《もったいな》いし、初期レベルだとなかなか集められないからね。装備を作って貰うための素材はこういうところで確保しないと」

鉱石の代用としては割高になるが、鉄の剣一本をインゴット一つに作り変えられる利便性がある。なのでβ版から引き継《つ》いだお金があるので沢山《たくさん》買った。

そして、耐久度《たいきゅう》の低いNPC製の武器は、替えが利《き》くために、耐久度無視して序盤の無茶な戦い方の時に使用する。

「ミユウちゃんは、消耗品《しょうもうひん》買う？」

「うーん。そうだなー」

必要なものは既に考えてあるので、セイお姉ちゃんと一緒《いっしょ》に回復アイテムである初心者ポーション三十個と通常のポーション十個を雑貨屋で購入して、広場へと戻《もど》って来る。

「そろそろ、お兄ちゃんがログインする頃《ころ》かな」

周囲を見渡《みわた》せば、ログインして増え続けるプレイヤーたちが見える。こんなに人が集まるのは、β版ではイベントがある時くらいしかなかったな、と思い出して、クスッと小さく笑う。

そうこう眺めている内に、メニューのフレンドの欄《らん》で事前に登録しておいたお兄ちゃんのログインを確認《かくにん》することができた。

画面の灰色から白に変化した名前を選択して、お兄ちゃんとチャットを繋ぐ。

「あっ、お兄ちゃん。繋がってる？」

『なんだ。美羽《みう》か。驚いたぞ』

お兄ちゃんもファンタジー世界に感動していたのかな？　ちょっと急《せ》かしちゃったかも、と反省しつつも、待ち合わせ場所を決める。

β版でもよく目印の一つとなった場所だ。女性の石像が建てられた広場は、ハチ公前並みにOSOでは定番の待ち合わせスポットとなっている。

「こっちも人が多くて分からないから、お姉ちゃんと北の大聖堂前で待ち合わせしよう。待ってるね」

そう言って、私とお姉ちゃんは、待ち合わせの場所に向かう。

『分かった。すぐ行く』

その間もチャットが繋がったままのお兄ちゃんの声をセイお姉ちゃんと共有して聞いている。うわぁ、とか、ほわぉ、とかお兄ちゃんの感嘆《かんたん》の声が上がる度《たび》に、私たちもβ版の時はこんな感じだったのかな、と思い返して、二人でくすくすと笑う。

「ねぇ、お兄ちゃん。もう着いた？」

『ああ、着いたが……どこだ？』

　私が心配になって声を掛《か》けると、どうやらちゃんとここまで辿《たど》り着けたようだ。だが、待ち合わせ場所には同じようなプレイヤーたちも多いし、また私たち自身は目立つ装備を身に着けているわけじゃない。

「聖堂前の像の下。白い髪だよ。お姉ちゃんは水色」

　しばらく待っていると、人波を掻《か》き分けて真っ直《す》ぐにこちらに進んでくる女の子を見つけた。

　ファンタジー色の強いゲームにしては珍《めずら》しい黒髪。そう言えば、お兄ちゃんもキャラエディットで配色とか弄《いじ》ってないから黒髪なんだよね。と思いながら眺《なが》めていると、その人は目の前に来た。

　間近で見るとビックリするくらいの美少女だ。

　長い黒髪を持つスレンダー系のその美少女は誰《だれ》だろう？　とセイお姉ちゃんと一緒に顔を見合わせて首を傾《かし》げる。どこか見覚えのある雰囲気《ふんいき》を感じるのだが、すぐには思い出せない。

「美羽で合っているか？」

「えっ、ハイ。ミュウです、が、どちら様ですか？」

相手は私のことを知っている。だけど、私のβ版の時の知り合いではない。そして、相手の次の言葉に私は、驚きを通り越《こ》して一瞬《いっしゅん》、頭の中まで真っ白になる。

「俺だよ、お前の兄の峻だよ」

「えっと？　峻ちゃん？　お姉ちゃん、しばらく会わなかったから分からなかったよ。いつの間に女の子になっちゃったの？」

私の横では、頰《ほお》に手を当てて、それほど驚いた様子を見せないセイお姉ちゃん。

「いや、お姉ちゃん、違《ちが》うから!?　これそういう問題じゃないから！　なんで、お兄ちゃんがお姉ちゃんになっているの？」

広場に私の絶叫《ぜっきょう》が響《ひび》く。

結論から言うと、お兄ちゃんは、お姉ちゃんになりました。

どうやらキャラエディット時のカメラの誤認だそうです。まぁ、可愛《かわい》いからそれは許す。

問題は、その後！　非効率なセンス構成の組み方のユンお兄ちゃん！

「――一緒に冒険できると思ってたのに！」

●

その後、不遇《ふぐう》センスまみれのお兄ちゃんをOSOの世界に慣らすため、私が手本となって簡単なチュートリアルをしてあげた。

「じゃあ、最後に必殺技《わざ》――【アーツ】。ちょうど【剣】のセンスが5になったから……」

私の武器センスがレベル5になり使用できる【アーツ】を放つために、一番近い草食《そうしょく》獣《じゅう》に近づく。

こちらから攻撃しなければ攻撃を加えて来ないノンアクティブなMOBに対して、先制攻撃を決めるための最適な位置取りをする。

β版で何度も使用したアーツを思い返しながら、片手で握る鉄の剣を正眼に構える。

「――《デルタ・スラッシュ》！」

剣に銀色の光が宿り、三角形の軌跡《きせき》を描《えが》く三連撃を放つ。

振《ふ》り抜《ぬ》かれた一撃ごとにアーツによる補正の掛かった斬撃《ざんげき》ダメージが入り、二撃目でMOBのHPを全《すべ》て削《けず》りとる。三撃目はもう必要もなく、光の粒子《りゅうし》の中で空を切った。

その後も、幾つかセイお姉ちゃんと二人でアドバイスをするが、《デルタ・スラッシュ》

に驚き、未《いま》だに反応が鈍《にぶ》いお兄ちゃんは、生返事を返している。

本当に一人にして大丈夫《だいじょうぶ》なのだろうか。と思うが、逆にお兄ちゃんが一人で考える時間も必要だと思い、ここは大人しく解散することにした。

●

お兄ちゃんのチュートリアルを終えて、セイお姉ちゃんとも別れた私は、平原に留《とど》まり草食獣を狩《か》り続ける。

「お兄ちゃんたちと別れたのはいいけど、まだ時間があるんだよね」

一度、自分のセンスステータスを確認する。

【剣Ｌｖ５】【鎧Ｌｖ３】【物理攻撃上昇《こうげきじょうしょう》Ｌｖ３】【物理防御上昇《ぼうぎょ》Ｌｖ３】【魔力《まりょく》Ｌｖ３】【魔法才能Ｌｖ３】【魔力回復Ｌｖ２】【光属性才能Ｌｖ３】【回復Ｌｖ３】【気合いＬｖ２】

「むぅ、全然レベルが上がってない」

私は、唇《くちびる》を尖《とが》らせて自分のセンスステータスを見つめる。

センスは、各センスに適した行動を取ることでレベルが上がる。例えば、【剣】のセンスは、剣で敵に攻撃すれば経験値が入り、レベルが上がる。私は、さっきのチュートリアル戦闘《せんとう》で防御系のセンスのレベルを上げるためにわざと何回か攻撃を受けたが、それでも満足いくレベルには達していない。

「むぅ、どうしよう。これからレベル上げでも……ってフレンド通信？」

私は、視界の端《はし》で点滅《てんめつ》するアイコンを操作して、通信相手の名前を確認して、すぐに繋げる。

『はーい。ミュウちゃん、久しぶり～』

「ヒノちゃん！　元気にしてた？」

『うん、元気だよ。これから一度顔合わせない？』

「うん。じゃあ、待ち合わせは――」

β版からの知り合いとの待ち合わせ場所を決めて、そこで落ち合うことにした。

町の外に出ていた私は、早速《さっそく》城門を抜けて、町の中に入り、待ち合わせ場所を目指す。

そこで、知り合いの姿を見つけた。

「やっほー。お久しぶり」

「ヒノちゃん、久しぶり！　元気にしてた？」

「うん、ボクはいつも元気だよ！」

私は、再会した友人と右手でハイタッチして挨拶《あいさつ》を交《か》わす。

女の子プレイヤーの友人で私のβ版時代のパーティーの一人であるヒノちゃん。

私よりも頭一つ背が小さく、キャラの瞳《ひとみ》を、右目を藍《あい》色、左目を紅《あか》色のオッドアイにしていて、笑うと見える八重歯《やえば》が特徴《とくちょう》の女の子だ。

大切な友達であり、頼《たよ》れるパーティーのアタッカーだ。

「昨日は楽しみ過ぎて寝《ね》れなくて、今日は寝坊《ねぼう》しちゃうくらい元気」

あはは、と笑うその口元には、チャームポイントの八重歯が見え隠《かく》れしている。

「ヒノちゃん、どうする？　これからパーティー組んで狩りに出る？」

私は早速、ヒノちゃんをパーティーに誘《さそ》う。ユンお兄ちゃんはまだゲームに慣れていないために連れて行くのは不安だが、ヒノちゃんはβ版で私と一緒に色々なエリアを旅した仲間だ。レベルは低くてもそれを補うプレイヤースキルを持っている。

そんなヒノちゃんは、顎《あご》に指を当てて考える素振《そぶ》りを見せる。

「さっきログインしたばかりでまだ装備やアイテムも調達してないんだよね。それに、β

版からお世話になっている生産職の人とも会って武器の注文もしたいからちょっと時間掛かるかも」

ヒノちゃんは、これから色々な装備を調《ととの》えにいくつもりのようだ。

私もヒノちゃんに付き合いたいが、β版で私の武器や防具をお願いした生産職は、ヒノちゃんがお世話になっている人とは別の人だから、一緒に行っても意味はなかった。

「それじゃあ、再度待ち合わせってどう？ ヒノちゃんの用事はどれくらいで終わりそう？」

「うーん。多分、一時間も掛からないと思う。三十分くらいかな」

「なら、それまで別行動で、再度待ち合わせはこの噴水《ふんすい》前でどう？」

「そうだね。うん、そうしよう！ えへへっ、ミュウちゃんとパーティー楽しみだな」

ヒノちゃんは、嬉《うれ》しそうに頬《ほお》を緩《ゆる》め、それじゃあ、早めに用事を終えてくるね、と走って行った。

すぐに、オープン初日の人込みに紛《まぎ》れてしまう小柄《こがら》なヒノちゃんを見送り、私も久しぶりに友達の声を聞けて、テンションが上がってくる。

ヒノちゃんとの再待ち合わせ時間までには、少し時間があるのだ。私は、その間に何をしようか、と顎に人差し指を当てて考える。

「うーん。やっぱり、レベリングだよね。それじゃあ、軽く行きますか！」

私は、軽く体を解《ほぐ》すように屈伸《くっしん》をして、町の外へと向かって歩き出す。

●

基本、この周囲は走って戻《もど》れば五分も掛からないために、往復の時間さえ考慮《こうりょ》すれば、十分レベリングの時間が確保できる。

さくさくと軽い音を立てて平原の地面を踏《ふ》みしめて進めば、草の間からぬるりと敵が現れる。

「早速エンカウントしたね！　軽く捻《ひね》りますか！」

本来の目的のMOBではないが、現れた青いゼリー状の体と核《かく》から構成されるスライム。

そして、子どもほどの大きさで緑の肌《はだ》に小さな角を生やしたファンタジーの定番のゴブリンに対して剣《けん》を構える。

「――《ライトシュート》！」

光魔法の初級スキルである《ライトシュート》をスライムへと放ち、迫《せま》るゴブリンの棍《こん》棒《ぼう》を片手で構える剣で受け止めて、軽く押し返す。そうすれば、頭が大きいゴブリンは、バランスを崩《くず》して尻餅《しりもち》をつく。そのタイミングに攻撃《こうげき》して倒《たお》す。

スライムは、先ほどの光魔法の一撃で体の一部が削《そ》がれHPが八割を下回る。

「おおっ！　久しぶりにやったけどやっぱり感覚が違うね！」

β版のステータスなら一撃でスライムを消し飛ばし、ゴブリンの棍棒を真っ二つにできたのに。

「もう一回――《ライトシュート》！」

スライムの核に当たるまで何度も放たれる光魔法は、触《ふ》れた部分を抉《えぐ》りスライムの体積を減らす。

そして、四発目の光魔法が核を捉《とら》えて、力なく広がるスライムは、光の粒子となって消える。

最初のゴブリンとスライムを倒している間にも戦闘の音を聞きつけて、次の敵が目の前に現れる。

「おー、次は、君の番だね」

草むらから飛び出し、棍棒を振り下ろすだけのゴブリンの攻撃も、軽く剣で受け止めるだけでなく、逸《そ》らす、避《よ》ける、受け流すなどのプレイヤースキルを確認《かくにん》する。

続いて、両手で構えた剣を振り下ろし、斬《き》り上げ、とさらに突《つ》き、そして真横に一閃《いっせん》。

次いで、左右の袈裟《けさ》がけの斬り下ろし、振り上げと、計九方向からの剣撃の動きや動作を確認しながら、目に付く敵へと次々と斬り掛《か》かっていく。

「……ちょっと違う。やっぱり、こう、だよね」

β版の記憶《きおく》と今の動きの齟齬《そご》を感じる。

装備・ステータスの初期化や数か月のブランクの影響《えいきょう》があるようだ。

「これをこうやって、こうっ！」

振り抜いた剣が草原の草を揺《ゆ》らし、何本かの草が風圧に舞《ま》う。両手で満足に剣を扱《あつか》えるようになるのを感じながら、今度は片手で振るい太刀筋《たちすじ》を思い出す。

私の本来の戦い方は、剣と魔法を併用《へいよう》する魔法剣士のスタイルで、左手で片手剣、右手で光魔法や回復魔法を使用する。

そのために、それらを想定した動きがスムーズになるように、反復してゴブリンとスライムを狩る。

「やっぱり、ゴブリン相手に対人戦を想定しても旨味《うまみ》がないよね。じゃあ、お終《しま》い」

そう言って、何体目かのゴブリンを斬り付け、人型ＭＯＢ共通の弱点である首、胸、頭の三点に素早《すばや》く突きを差し込み、ＨＰを０にする。

「まぁ、ちょっとレベリングすれば、この辺はこんなもんだよね。攻撃パターンと特徴を知っていれば対処が可能な範囲《はんい》」

ただ、ゴブリンだけ延々と狩っていても、レベルの上がりは遅《おそ》い。できればではどうすればいいか、を考えれば、より強いMOBに会いに行くしかない。私よりも強いMOBだ。

「やっぱり、レベリングには強いMOBだよね」

そうと決まれば即《そく》行動。

道中のスライムとゴブリンを軽く薙《な》ぎ払《はら》いながら、境界線を越《こ》えて森の奥へと入り込む。

●

全力疾走《しっそう》、軽くジャンプ、ステップと、戦闘に必要な動きを確かめながら森の奥へと進む。

多少は間隔《かんかく》を開けて木々が生《お》い茂《しげ》る森だが、死角となる場所が多く、ソロでのプレイには注意が必要だ。

「弱いのにちょろちょろと邪魔《じゃま》！」

目的のMOBを探して歩き回れば、引き寄せられるように灰色の大きなネズミMOBのグレイラットと、上空より急降下して嘴《くちばし》で攻撃するミルバードが襲《おそ》ってくる。

魔法のような遠距離《えんきょり》攻撃をしてくるMOBではないが、近づくとアクティブになって襲ってくるので、そんな弱い敵をいちいち相手にしていてはキリがない。

「むぅ、パーティーなら死角を埋《う》めてくれるけど、補助センスなしで歩くのメンドクサイ」

敵を事前に発見できる【発見】や近づいてくると警告を発する【第六感】などの補助センスがあれば、雑魚《ざこ》MOBを回避《かいひ》することは簡単だ。

でも、私はそれらを選択《せんたく》しなかったために、こうして警戒《けいかい》しながら進まなければならず、中々お目当てのMOBを見つけられずにいる。

グレイラットは掬《すく》い上げるように斬り上げて倒し、空からこちらを狙《ねら》うミルバードは、距離があれば、魔法で撃墜《げきつい》。近くまで来れば、軽く横に避けてからカウンターでダメージを与《あた》えていく。

そうした機械的な流れ作業をしながら進んでいくと、森の奥で一匹《いっぴき》のMOBを発見する。

「やっと見つけた」

そこには、剛毛《ごうもう》に覆《おお》われ、反《そ》り返った牙《きば》が目立つ大きな猪《いのしし》MOBのビッグボアが寝そべっていた。

私が探してたレベリングの相手。ここまでの道中、被《ひ》ダメージに注意しつつ敵と戦っていた私は、センスステータスを確認する。

【剣Ｌｖ８】【鎧《よろい》Ｌｖ４】【物理攻撃上昇《じょうしょう》Ｌｖ６】【物理防御《ぼうぎょ》上昇Ｌｖ４】【魔力Ｌｖ６】【魔法才能Ｌｖ６】【魔力回復Ｌｖ４】【光属性才能Ｌｖ５】【回復Ｌｖ４】【気合いＬｖ４】

回避重視の行動を取っていたために、攻撃系のセンス以外はレベルが上がっていない。レベリング対象のビッグボアと戦うにはかなり厳《きび》しい。

私が、戦う覚悟《かくご》を決めて一歩踏み出せば、ビッグボアがのっそりと起き上がり、後ろ脚で地面を掻《か》き始めた。

初心者の最初の関門とも言えるこのＭＯＢは、雑魚の中でも中々に強い部類に入り、パーティーなら平均レベル15、ソロで戦うならレベル20は欲《ほ》しい敵だ。

ここに来るまでにスライム、ゴブリン、グレイラット、ミルバードという雑魚ＭＯＢを倒し、多少はレベルが上がった私だが、それでもセンスの平均レベルは5。

ソロで立ち向かうこと自体が無謀《むぼう》な挑戦《ちょうせん》だ。本来ならば……

「さぁ、ここからがハイスピードレベリングの時間だよ」

地面を掻いていたビッグボアの後ろ脚が、しっかりと地面を踏みしめて、駆《か》け出す。反り返った立派な牙とずっしりと肉の詰《つ》まった体から繰《く》り出される突撃《とつげき》は、立ち塞《ふさ》がる初心者プレイヤーたちを薙ぎ倒してきたのだろう。

私は、片手で構えた剣の刀身にもう一方の手を添《そ》えるようにして受け流しの体勢を取り、横に避ける。突撃を正面から止めるのではなく、剣の側面を軽く当てるような立ち位置での受け流しだ。

ビッグボアが刀身と接触《せっしょく》した衝撃《しょうげき》が腕《うで》を伝い、体に広がる。それは、ダメージという形となって反映される。

「くぅっ！　やっぱり、レベル差は大きいか」

あまりにレベル差が大きいために、突撃に一瞬《いっしゅん》接触しただけでも大きなダメージ判定になる。

ＨＰの五割近くを削られる衝撃。後一秒長く触れていれば、確実に死に戻りになっていた。

「もう少しレベルを上げる下準備をした方が良かったかもね。でも、負けない――《ヒール》」

初級の回復魔法を使用して、ＨＰを回復させる。その間にもビッグボアは、十数メートルを走り抜《ぬ》け、方向転換《てんかん》して、またこちらに突っ込んでくる。

まるで、スペインの闘牛士《とうぎゅうし》になった気分だ。

「さぁ！　ドンドン来なさい！」

次の突撃も同様にして、被ダメージを稼《かせ》ぐ。

他の人が見たら奇妙《きみょう》な行動だろう。

一切《いっさい》の攻撃を放棄《ほうき》して、剣による受け流しのみを行う。突撃中のビッグボアに触れている時間が長ければ、一瞬でＨＰを奪《うば》われ死に戻り。そうならないようギリギリの時間を見《み》極《きわ》めて、攻撃を受け流す。

緊張《きんちょう》感の途《と》切《ぎ》れない行為《こうい》に私は、自然と口元が釣《つ》り上がるのを感じる。

「そう、これよこれ！　これが楽しいのよ！　――《ヒール》！」

耐《た》えに耐える。ヒールを繰り返し使用し、ＨＰの回復が足りない場合には、ビッグボアの攻撃を横に避けて回復の機会を作り出し、緊急回避的に初心者ポーションを使うこともある。

ＭＰが足りなくなれば、ビッグボアの動きを読み、そのほぼ直線的な攻撃を横に避けることで回避を続け、ＭＰの自然回復に必要な時間を稼ぐ。

それが、十分以上続けば精神的に疲《つか》れてくる。それ以上に、何度も襲い来る衝撃のダメージで自分の体の動きが鈍《にぶ》ってくるために、より一層気を引き締《し》める。

「次来なさい！」

私が剣で撫《な》でるようにビッグボアに触れた瞬間、ＮＰＣ製の鉄の剣の刀身にガラス細工のように半ばから罅《ひび》が入る。

それを見た瞬間に、私はバックステップを刻み、持っていた剣を捨てて、ビッグボアと距離を取る。

「はぁはぁはぁ……んっ、武器もなくなったし、一区切りしますか！」

私は、じりじりと後退して、撤退《てったい》を始める。

追ってくるビッグボアを避ける時、あまり早くに避け過ぎるとそれに対応して急な方向転換をして突撃や嚙《か》み付きを行ってくる。なので最適なタイミングで左右に避けることで逃《に》げ続ける。

「たしか、この辺りだったはず！」

ジグザグに走って逃げる私を追ってくるビッグボアだが、私が森の中のある一線を越えたところまで来ると、ビッグボアはその直前でピタッと止まる。正確には、その巨体《きょたい》での突進ですぐには止まれず、砂煙《すなけむり》を上げて、ずりずりずりっと大きな蹄《ひづめ》の跡《あと》を残して、停止。

『プキャァッ――』

私に逃げられて、悔《くや》しそうに鳴いたビッグボアは、すぐに私への興味を失ったようにスタスタと元いた場所に帰っていく。

「ふぃいっ、流石《さすが》に無茶し過ぎた。でも、楽しい！」

近くの樹《き》に背中を預けて、一休みする。

HPは、回復魔法で満タンの状態だが、MPは、結構カツカツ。それ以前に集中し過ぎて、ちょっと疲れた。

「MOBの活動範囲がβ版と変わってなくてよかった～。危《あや》うく追い付かれるところだった」

そう言いながら私は、自分のセンスステータスを一度確認《かくにん》する。

【剣Lv7】【鎧Lv8】【物理攻撃上昇Lv6】【物理防御上昇Lv9】【魔力Lv6】【魔法才能Lv6】【魔力回復Lv4】【光属性才能Lv5】【回復Lv4】【気合いLv9】

ハイスピードレベリングの成果がしっかりと表れていることを確認して、ニヤけそうに

なる顔を必死に抑《おさ》える。

敵を倒《たお》していないのに、レベルが短期間に上がっている。そのカラクリは、OSOのシステムにある。

「倒せば経験値にボーナスが付くけど、倒さなくても行動全《すべ》てに経験値が入る。これも重要だよね」

MOBを倒せば、倒した時の行動に応じたセンスにボーナスの経験値が入る。普通《ふつう》のプレイヤーは、戦闘《せんとう》を繰り返し、経験値を貯《た》めて、センスのレベルアップを図《はか》る。

だが、レベルを上げるのは戦闘以外にも方法はある。

例えば、【剣】を始めとする武器センスだって、素振《すぶ》りをしても効率は悪いが多少の経験値が入る。生産系のセンスは、戦闘ではなくアイテム生産によって経験値を貯める。

今回のレベリングコンセプトは、自分よりも格上の敵MOBとの戦闘中の経験値のみを狙う方法だ。

格上MOBとの戦闘は、その戦闘だけでかなりの経験値が狙える。それこそ、同格のMOBを狩《か》って得られる経験値のボーナス以上に、だ。

センスの種類ごとにレベルの上がる行動は違《ちが》うが、似た行動で各種センスレベルを上げることができる。

「特定の装備、構想の元で、効率的に行われるレベリング方法」

今回の場合には、ダメージを受けることで【鎧】と【物理防御上昇】、【気合い】の三つの防御関係のセンスに経験値が入る。

レベリングの第一段階——被ダメージを稼ぐ、である。

そして、第二段階は、HPの回復のために《ヒール》を使用することで【魔法才能】【魔力】【回復】【魔力回復】の四種類の魔法関係のセンスに関連する行動を行い、その経験値を稼ぐ。

つまり、攻撃を受けて回復するのがレベリングになっている。

「さぁ、二回戦に行きますか！」

十分に休憩《きゅうけい》をし、MPが全回復した私は、力強く両方の頬《ほお》を叩《たた》いて気合いを入れ直す。

勢いよく立ち上がり、インベントリの中の沢山《たくさん》買い込んだ鉄の剣から新たに一本を取り出す。

あのとき買い込んだ鉄の剣は、全部で二十本。

ハイスピードレベリングは、時間を短縮する代わりにお金、アイテム、リスクを多大に掛《か》ける方法だ。

「剣のストックは十分ある！　私の能力がビッグボアを超《こ》えるのが先か、それとも私がミスをするのが先か」

一発アウトな状況《じょうきょう》はまだまだ続く。それが楽しい。最高にワクワクする。

●

ビッグボアの前に立ち、その突撃を受け流す時間が徐々《じょじょ》に延びる。

HPを回復魔法で補い、消費したMPを【魔力回復】で回復促進《そくしん》する。限られた状況下で最適なレベリングを行うスリルと成長を実感する。そして、遂《つい》に――

「……ノーダメージの受け流しに成功した」

プレイヤースキルによって行われる受け流しのタイミングは少し前から完璧《かんぺき》だった。だが、ステータスの差からダメージが発生していた。

そのステータス差が遂に縮まった。

再度、受け流しをして、まぐれではないことを確かめ、突撃を受け流すための構えから真正面で受け止めるための構えに切り替《か》える。

「ふううっ、ハイスピードレベリングの最終段階！　開始！」

『プギャアアッ――』

覚悟を決めてビッグボアの正面からの突撃を刀身で受け止める。

ドシン、と後ろに吹《ふ》き飛ばされそうな衝撃を前のめりで耐え、押し込まれるように地面に足跡が引かれる。

「くぅぅっ！」

長いようで短い一瞬の後、ビッグボアの勢いが弱まり、私の防御《ぼうぎょ》がビッグボアの攻撃《こうげき》に耐えた。受け止めた場所から五メートルも地面に跡をつける。

この一撃で私はＨＰの四割を失うことになるが、ここからは攻撃に転じる。

『プモッ⁉』

「お返しだよ！　これでも喰《く》らえぇ！」

突撃を受け止められたことで混乱を見せるビッグボアの側面に回り、鉄の剣で斬撃《ざんげき》を放つ。厚い脂肪《しぼう》と剛毛《ごうもう》に覆《おお》われた体は、側面からの攻撃に薄《うす》い線を作っただけで大したダメージにならない。

「くぅ、やっぱり攻撃は通らないかぁ」

私の攻撃を受けて、その場で嚙み付き、後ろ蹴《げ》り、蹄の叩き付け、巨体での圧《の》し掛かりなど大暴れするビッグボアからバックステップで離《はな》れ、回復魔法を連続使用してＨＰを満タンにする。

「行動パターンは、全部知っている！　ここからが私の本番なんだから――《ライトシュート》」

今まではHP回復にMPを費《つい》やしていた私は、攻撃魔法にMPを使用し始める。

光弾《こうだん》がビッグボアの側面に当たりダメージを通す。剣撃よりも魔法の方が今のところ通りは良さそうだと考えながら、走り出し方向転換してこちらに向かってくるビッグボアと対峙《たいじ》する。

レベリングの最終段階であるビッグボアの討伐《とうばつ》。第一段階で防御系センスのレベルを上げて、第二段階で魔法系センスのレベルを上げる。最後に、ビッグボアを攻撃して攻撃系センスのレベルを上げる。そのために組まれたレベリング用のセンス構成。

私の目指すセンスに最短で辿《たど》り着くことを目的とし、レベリングのシナジーを考えた組み合わせだ。

「――《ライトシュート》！　《ライトシュート》！」

光弾が真正面から走って来るビッグボアを捉《とら》えるが、二発の光弾の内、一発は硬《かた》い頭骨に覆われた石頭で弾《はじ》かれ、もう一発は速い突撃《とつげき》で躱《かわ》されてしまう。

「やっぱり、魔法の狙《ねら》いが甘いか！　ぐううっ！」

女の子としては、ちょっと可愛《かわい》くない声を上げて、ビッグボアの突撃を正面から再度受け止め、耐える。

私のレベル上昇《じょうしょう》でステータスが上がっても、無防備な状態でビッグボアの突撃を受ければ、負けてしまう可能性は十分にある。

突撃を受け止め、暴れ出すまでの一瞬の隙《すき》に攻撃を当てて、一気に退《さ》がる。

機械のように延々と同じ攻撃を繰《く》り返すうちに、私の剣がビッグボアの体を深く傷つけるようになり、魔法攻撃もその痕跡《こんせき》から徐々に威力《いりょく》を増しているのが分かった。

「これで、残り二割！」

繰り返す攻撃とビッグボア突撃の受け止めは、NPC製の剣の寿命《じゅみょう》を大きく縮めていき、あと五本しか残っていない。

それでも私の計算なら全て使い切る前に倒すことができると予想をつける。

「この勝負！　私が貰《もら》ったぁ！」

『プモォォォッ――』

何度目かの鳴き声を上げてのビッグボアの突撃。私は何度も繰り返してきた受け止めの衝撃《しょうげき》の瞬間に合わせて全身に力を入れる。

だが、今回は違った。

「えっ……」

何が起こったのか、最初は分からなかった。

ビッグボアが急停止した。突撃で当たる直前に、足に力を込《こ》めて無理矢理私の前で止まったのだ。そして、下げた頭が間抜《まぬ》けにも側面を向けて突《つ》き出された私の剣の下に潜《もぐ》り込むと、二本の立派な牙《きば》と石頭で剣をからめとり、頭を振《ふ》り上げる！

「なっ⁉　まさか、武器破壊《はかい》を！」

呆気《あっけ》なく鉄の剣が砕《くだ》ける様子をスローモーションで眺《なが》める。

β版と正式版の相違《そうい》点が表れた。

ＭＯＢの行動パターンの変化。ここまでビッグボアとの死闘を繰り広げてきたが、ビッグボアがこの行動をとるのには、条件があるはずだ。例えば、ＨＰが一定割合を下回るなど。

そんなことを考えていると、武器をなくした私に、ビッグボアの牙が迫《せま》る。武器を破壊されて体勢が崩《くず》れ、私は無防備な体を晒《さら》す。この攻撃を受けたら、牙が私の体を貫通《かんつう》し、突撃が私のＨＰを全て奪《うば》っていくだろう。

「負けるかぁぁぁっ！」

だが、私はこれをチャンスと捉える。

瞬時にメニューを操作して、新たな鉄の剣を呼び出す。

迫る牙を、体を捻《ひね》ることで避《よ》け、その顎《あご》の下に潜り込む。

頭を振って頭上を仰《あお》ぐようにしたビッグボアは、弱点の喉元《のどもと》を晒《さら》している。

「やぁぁぁぁっ——!」

切り裂《さ》くような一閃《いっせん》を晒した弱点に加えられ、体を仰《の》け反《ぞ》らせるビッグボア。

私は、この機会を逃《のが》さないためにも、片手で持っていた剣を両手で構えて最強の攻撃を放つ。

「——《デルタ・スラッシュ》!」

全力で放つ三連撃。

幾度《いくど》となくビッグボアを斬《き》り付けることでレベルを上げた【剣】と【物理攻撃上昇】のセンス。

敵の弱点という情報を知り、最後に、勝利を摑《つか》み取る運。

これら全《すべ》てをかけた攻撃は、ビッグボアの残り一割のHPを一気に削《けず》り取り、前足を上げたビッグボアは、そのまま力なく横倒《よこだお》しになる。

私は、単独でビッグボアを打ち倒すことに成功した。

肩《かた》を何度も上下させて、息を整える。激しい動きによって呼吸が乱れているんじゃない。戦いの後の興奮を落ち着けるために深呼吸を繰り返している。

ぎゅっと強く目を瞑《つぶ》り、両手で握っている剣の感触《かんしょく》を確かめながら、私は声を上げる。

「やったぁぁっ！　勝ったぁぁっ！」

森の中に私の声が響《ひび》き渡《わた》る。

今の段階で格上に位置するビッグボアの単独撃破に成功したのだ。ここまでの苦労や、苦痛とかが全部吹っ飛び、優越《ゆうえつ》感や充実《じゅうじつ》感というものに満たされていく感じがする。

「勝ったんだ。勝てたんだ、やっぱり間違《まちが》いじゃなかったんだ！」

β版終了《しゅうりょう》時から正式版公開までの間に延々と考えていたレベリング方法が実証できた。

投資資金は、10万G。

使用アイテムは、初心者ポーション×17、鉄の剣×20、革鎧《かわよろい》。

物理防御レベリング、魔法レベリング、攻撃レベリングの同時並行レベリングに成功した。

「最初は、不安があったけど、できるんだ。できたんだ！」

誰《だれ》でもできるわけじゃない。アイテムやお金だって結構注《つ》ぎ込んだ。受け流しや受け止めのプレイヤースキルが求められるハイスピードレベリング。いや、廃《はい》スピードレベリング。それが今終わった。

その成果であるセンスステータスは――

所持SP8
【剣Lv15】【鎧Lv16】【物理攻撃上昇Lv10】【物理防御上昇Lv15】【魔力《まりょく》Lv10】【魔法才能Lv10】【魔力回復Lv8】【光属性才能Lv7】【回復Lv10】【気合いLv15】

受け流し、回復、攻撃の三つのシナジーで考えられたハイスピードレベリングの結果、剣のセンスが15レベルまで成長した。

他のセンスもパーティーでなら安定してビッグボアと戦えるレベルになっている。

攻撃が通るようになり、無駄《むだ》に武器を消耗させて戦う必要もないので後一匹《ぴき》は倒《たお》せるんじゃないか、と考えていた。

私が自分のセンスステータスを確認《かくにん》してニマニマと笑っていると、耳元でフレンド通信の着信音が響き、慌《あわ》てて通信を繋《つな》ぐ。

「はい⁉ ミユウでひゅっ！」

すぐにメニューを操作して、喋《しゃべ》り出して舌を噛《か》んだ。地味に痛くて、涙目《なみだめ》になる。

『……ミユウちゃん⁉』

「ひ、ヒノひゃん。どうひしゃの？」

まだ痛い舌で喋り、舌足らずな喋り方になってしまう。

『ミユウちゃん、今どこ⁉ 待ち合わせ時間、とっくに過ぎているよ！』

「ええっ⁉」

ヒノちゃんの言葉に驚《おどろ》き、確認すれば、待ち合わせ時間を二十分もオーバーしていた。

「ごめんね！ 今から向かうから！」

私は、ビッグボアに勝った余韻《よいん》も忘れて町へと向けて走り出す。

「ううっ、急いでいる時は遅《おそ》く感じる。……そうだ！ 新しくセンスを手に入れれば！」

センスは、レベル10ごとにSPと呼ばれるポイントを一つ手に入れることができる。これで新規にセンスを取得することや、一定レベルに達したり一定条件を満たしたセンスを成長・派生させることができる。

私は、ここでレベリングして手に入ったSPで【速度上昇】のセンスを取得する。

「うわぁっ、やっぱり速くなった！」

走る速度が目に見えて上がり、風を切って走るのが楽しい。

行きに倒したMOBのミルバードを躱し、グレイラットを蹴り飛ばし、ゴブリンの頭を踏《ふ》ん付けて高くジャンプして、スライムが追い付けない速度で走り去る。

雑魚《ざこ》MOBたちは、こっちの走る速度について来れずに、数メートル追いかけては諦《あきら》めて去る。

そして、待ち合わせの場所に向かうと、私を見つけたのか、可愛らしい姿でぷりぷりと怒《おこ》る一人の女の子がいた。

「ミュウちゃん！　遅いよ！」

チャームポイントの八重歯《やえば》も今は、への字に曲げた口の中に隠《かく》れている。

「ごめんね。ホント、ごめんね。ヒノちゃん！」

私は、思いっきり頭を下げて謝る。

「なんで待ち合わせに遅《おく》れたの？」

ぷくっ、と頬《ほ》っぺたを膨《ふく》らませて、私は怒ってます、と全身で表現するヒノちゃんに対して、嘘偽《うそいつわ》りなく答える。

「待ち合わせまでに時間があると思ってレベリングしてたら遅れちゃった。だから、ごめんね」

　正直に、そして可愛らしく頭を下げて、上目遣《うわめづか》いで謝る。

　ヒノちゃんは、そっと私の両方の頰《ほお》に手を添《そ》えて——抓《つね》って、引っ張る。

「いひゃい、いひゃい、いひゃい……」

「ボクは、買い物した後、狩《か》りにも出ずにミュウちゃんを待ってたんだよ！　だから、まだレベルが全部1のままなのに、一人だけレベルを上げるなんてズルい！」

　むにょ～ん、と頰っぺたを引っ張るヒノちゃんに、涙目で謝り続ける私。地味に頰っぺたが痛い。ビッグボアの突撃を正面から受け止めるよりも痛いかもしれない。

　ヒノちゃんは、満足するまで頰っぺたを引っ張り、小さく溜息《ためいき》を吐《つ》いて解放してくれる。

「もう、ミュウちゃんは、自由すぎるよ」

「ごめんなさい。でもね！　凄《すご》い発見したんだよ！」

「凄い発見？」

「ビッグボアの行動パターンが追加されてた」

　私をジト目で見るヒノちゃんに対してドヤ顔で発見を教える。

「ドヤ顔で語られると、何かムカつく」

「いひゃい、いひゃい」

再び私の頬っぺたを抓って、むにゅ～、と引っ張るヒノちゃん。

私を二度の頬っぺたむにゅ～の刑《けい》に処した後、ヒノちゃんは溜息を吐きながら、遅刻《ちこく》の罰《ばつ》を決めていく。

「待ち合わせに遅れた罰として、ボクのレベリングに付き合ってよね」

「それは、当然だよ！　ハイスピードレベリングやっちゃうよ！」

「ホントかな～」

「ホントだよ！」

「ちなみに、ビッグボアでどんなレベリングをしたの？」

相変わらずジトっとした目で見つめてくるヒノちゃんは、私の行った三十分近い死闘のハイスピードレベリングを聞いて、ぷっ、と小さく噴《ふ》き出し、お腹《なか》を抱《かか》えて笑い始める。

「あははは、分かってたけど、ミュウちゃんってやっぱり無茶するよ。低レベルでビッグボア単独討伐《とうばつ》なんて……タイムアタックでもしてるの？」

「むぅ、そんなに笑わなくてもいいじゃない！　ヒノちゃんのイジワル！」

「ごめんごめん。遅刻した時は、ちょっと怒ったフリをしただけだから、ボクはそんなに怒ってないよ」

「よかった～。ヒノちゃんに嫌《きら》われたらどうしようかと思ったよ」

いつもの八重歯が覗《のぞ》く笑顔《えがお》を作るヒノちゃんに戻《もど》り、安心する。

「ボクは、ミュウちゃんのこと嫌わないよ。むしろ、好きだしね」

勿論《もちろん》、友達として、と笑うヒノちゃん。そんなに正面から言われると照れるなぁ。

「それじゃあ、改めて、これからよろしくね、ミュウちゃん」

「うん、私こそ、よろしくね！　ヒノちゃん」

二人で握手《あくしゅ》を交《か》わして、改めて挨拶《あいさつ》をする。

「それにしても早速《さっそく》『廃』スピードレベリングって、無茶するなぁ」

「何か言葉に引っ掛《か》かるけど、この後すぐにビッグボア倒しに行く？　私が実演するよ、ハイスピードレベリング」

「やめとく。レベル1で挑《いど》むなんて自殺行為《こうい》だからね。ボクは、軽く体を慣らしてからボクのセンスに適したレベリングしたいからその後でお願いね」

そう言って、ヒノちゃんは、取ったばかりのセンスを私に見せてくれる。


【鎚《つち》Lv1】【槍《やり》Lv1】【鎧Lv1】【魔力Lv1】【HP上昇《じょうしょう》Lv1】【物理攻撃上昇Lv

【物理防御上昇Lv1】【投げLv1】【重い一撃《いちげき》Lv1】【戦士の心得Lv1】

「ヒノちゃんもセンスの構成、β版の時とあんまり変わらないね」

「うん。まぁ、だから武器を二種類持つ必要があるんでちょっと出費がね」

そう言って、NPC製の鉄の長槍と重量系武器のスレッジハンマーを軽々と操《あやつ》ってみせる。

二種類の武器で近中距離《きょり》を戦うパワーファイターのヒノちゃん、β版の時と変わらないスタイルでいる。

「ミュウちゃんだって、変わってないでしょ」

「まぁね。目指せ、パラディン！」

だから、ヒノちゃんに付き合って二人の目標のレベルに早く近づけるように草食獣《そうしょくじゅう》を軽く狩ろうか、と言ったが、顎《あご》に人差し指を置いて少し考えていたヒノちゃんは一つの提案をして来る。

「折角なら、野良《のら》パーティーでも募集《ぼしゅう》しない？」

野良パーティー。β版でヒノちゃんやタクさん、セイお姉ちゃんたちのような知り合いなどで組んだ固定パーティーとは違《ちが》い、今まで面識のないプレイヤーが臨時でパーティーを組むことだ。

正式版はオープンした直後でプレイヤーのレベルもあまり差はないので、非常に組みやすい。

「いいね！　新たな出会い！　プレイヤー同士の交友の輪！　うん、いいかも！」

「それじゃあ、二手に分かれてパーティーメンバーを集めよう！　女の子限定でパーティー希望！　初心者歓迎《かんげい》って感じ！」

「よし！　じゃあ、どっちが早く集められるか競争しよう！」

「ふふん。ボクは負けないからね」

自信ありげな表情を浮《う》かべるヒノちゃんと別れて、私は臨時のパーティーを組んでくれる人を探す。

「どんなプレイヤーと出会えるのだろう。楽しみ！」

私は、にやける顔を止めることができずに、第一の町を歩き回る。その時、ふとユンお兄ちゃんの姿が脳裏《のうり》に浮かぶ。

「……さっきは結構、ユンお兄ちゃんにヒドいこと言っちゃったかな？　やっぱり、落ち込んでるよね」

確かに、兄は不遇《ふぐう》センスと呼ばれるものでセンスを構成しているが、幾《いく》つかのセンスを付け替《か》えれば、普通《ふつう》のプレイヤーとしてやっていけるはずだ。

なら、それまで私が面倒《めんどう》を見ても良いかもしれない。

「うん。それに、ヒノちゃんは、女の子限定って言ってたけど、今のお兄ちゃんはお姉ちゃんだもんね」

ニシシッ。私の中のイタズラ悪魔《あくま》が、ユンお兄ちゃんをお姉ちゃんと紹介《しょうかい》して連れて行けと囁《ささや》く。

さて、お兄ちゃんは、どこかな～、と野良パーティーに勧誘《かんゆう》できそうなプレイヤーを探しながらキョロキョロしていると、ファンタジーでは珍《めずら》しい黒髪《くろかみ》ロングのユンお兄ちゃんを見つけた。

広場の端《はじ》っこで座り込んで、まだ気落ちしている様子だが、知り合いらしい人が近づいて行くと立ち上がる。

「あれは、タクさん。お兄ちゃんとどこかに行くのかな」

先を越《こ》された、と思ったが、ユンお兄ちゃんとタクさんは、表情をコロコロ変えてじゃれ合いながら何か楽しそうに会話していた。その姿をしばらく観察していたが、お兄ちゃんたちは、同じパーティーを組むつもりはないようで、その場で別れてしまった。

「なら、私が今の内に……」

声を掛けよう、と思い一歩踏み出すが、ユンお兄ちゃんの顔がとっても清々《すがすが》しいほどいい表情になっているのに気がついた。

これからやるぞ、というやる気に満ち溢《あふ》れており、これじゃあ、パーティーの勧誘なんてできないな。と思い西門から出る後ろ姿を見送ることにする。

行き先は、西門のようで、人込みの中に紛《まぎ》れるのを見送り、ユンお兄ちゃんをパーティーに加えることは諦めた。

「あーあ、タクさん、上手《うま》くお兄ちゃんをのせたんだね。それじゃあ、私も別の人を勧誘しないとね」

誰《だれ》か良さそうなプレイヤーはいないかな〜、と辺りを見回すと、ユンお兄ちゃんと同じ髪色を見つけた。

後ろで括《くく》られた長い黒髪を持つ少女だ。

ファンタジー世界の町並みを見渡《みわた》している目は、綺麗《きれい》な黄水晶《きずいしょう》を思わせる瞳《ひとみ》をしていた。

その子が強いのか、弱いのか、上手いのか、下手《へた》なのかは考えない。

目に付いたら、即《そく》行動だ。

「こんにちは」

「えっ、はい。こんにちは」

「もしよければ、この後私たちと一緒《いっしょ》にパーティーを組みませんか？」

いきなりのパーティー勧誘で驚《おどろ》いたのか、目を見開いている女の子に丁寧《ていねい》に説明する。

「面識のない人を集めて臨時のパーティーを組もうと思ってるんです。ちなみに、メンバーは、今のところ私と私の友達の二人だけ！」

私の説明に眉尻《まゆじり》を下げて、不安そうな顔で尋《たず》ねてくる女の子。

「あの、私なんかを誘《さそ》って大丈夫《だいじょうぶ》ですか？　今日が初めてなんですよ」

「大丈夫！　私も友達もβ版を結構やっていたので、強いですよ！　まぁ、レベルはリセットされちゃいましたけど」

力こぶを作って強さをアピールしてみるが、私の細い腕《うで》を曲げただけではあんまり強そうには見えない。それがおかしかったのかクスクス笑い出した女の子は、表情を和《やわ》らげてこちらの目を真っ直《す》ぐ見つめ返す。

「それじゃあ、よろしくお願いします。えっと……」

「ミュウだよ！　私は、ミュウ！　よろしくね」

「私は、ルカートです。よろしくお願いします」

二話　ルカートとゴーレム先生

「ミュウだよ！　私は、ミュウ！　よろしくね」

「私は、ルカートです。よろしくお願いします」

こうして、私はルカート、ううん、ルカちゃんの野良《のら》パーティー勧誘《かんゆう》に成功した。

「準備は、センス構成によって多少変わるけど、最初は武器とポーションを買うのが定番かな。初期の所持金は１０００Gだから、どういう割合で買うかも考えないとね」

ルカちゃんは初心者なので、私は彼女にセンスや装備の説明をしながら、更《さら》に野良パーティーメンバーを探していた。

「武器ですか？　センスを取得した時に手に入れましたが……」

ルカちゃんは、腰《こし》に下げた初心者の剣《けん》の柄《つか》に触《ふ》れる。既《すで》にあるのに、なぜ買うんだろう、という疑問を顔に浮かべている。

「メリットとデメリットがあるんだよ。良い武器に買い替えることで、攻撃力《こうげき》は上がるけど壊れやすい。代わりに、初期の武器のままだと壊《こわ》れにくいけど攻撃力は低いんだよ」

「武器ってやっぱり壊れるんですね」

「そう。でも無茶な使い方をしなければ問題ないよ」

顎に手を当てて考えるルカちゃん。そして、どうするか決めたようだ。

「私は、武器よりも防具を優先したいと思います」

「うん。それでいいと思うよ」

私は、ルカちゃんに色々な話をしながら、町を歩く。ポーションのレベルによる回復量制限の注意やその失敗談などを交《まじ》えつつ、面白《おもしろ》おかしく話すと、それを聞いたルカちゃんは、真剣にどれくらい買おうかと悩《なや》んでいる。

そんなルカちゃんに少しずつ教えるのが楽しくて、ついつい時間を忘れそうになる中で、私は一人の女の子プレイヤーを見つけた。

「ねぇねぇ、俺らと一緒にパーティー組もうよ」「ほら、人数が多い方が楽しいだろ。それにオレたち強いしさ」「それにさぁ、男が居ると安心するだろ」「だからな。行こうぜ」

「や、やめてください……」

嫌《いや》な光景を見て、顔を顰《しか》める。

四人の男性プレイヤーが一人の女の子を囲んでパーティー勧誘をしている。

私よりも年上のようだが気弱そうな女の子に対してのナンパ紛《まが》いの勧誘。これはゲームなのに何を勘違《かんちが》いしているのだろうか。見ているだけでイライラする。

「あの、ミュウさん？」

「ルカちゃん、ちょっと助けに行くよ」

そう断言する私に、混乱しながらもついてくるルカちゃん。

周りの人たちは体格のいい男たちを怖《こわ》がって、関《かか》わらないようにしているようだ。

ここは、古典的な方法で連れ出すとしますか。

「ごめんね！　遅《おく》れたけど待った？」

私が男たちを無視して割り込むようにして女の子の前に立つ。

びくびくしていた女の子は、そのまま驚いて固まるが、下手に誰ですかとか喋《しゃべ》られて状《じょう》況《きょう》が悪くならないよう、無理やり彼女の手を摑《つか》んで連れ出そうとする。

ルカちゃんに、この子連れ出すから話を合わせて、とアイコンタクトを送ると、頷《うなず》き返してくれた。

「そうですよ。ミュウさんがいつまでもお店で買い物しているから、狩《か》りの時間がなくなってしまいます。さぁ行きましょう」

凛《りん》としたルカちゃんが柔和《にゅうわ》な笑《え》みを浮かべて、女の子を男たちの輪から誘導する。こちらの意図に気が付いた女の子は、取れるんじゃないかと思うほど首を縦に振《ふ》って肯定《こうてい》している。

「ちょっと待ってよ。なんだ、可愛《かわい》い女の子の友達がいるんじゃん。なら、みんな、俺たちとパーティー組もうよ」

「はぁ？　馬鹿《ばか》なの」

自分でもびっくりするほどの冷めた声が口から飛び出た。

明らかに年下の女の子に見下されたために、顔を引き攣《つ》らせる男性たちだが、私は一息で言葉を紡《つむ》ぐ。

「あなたたちは、四人。私たちは、三人。これでどうやってパーティー組むの？　最大パーティーは六人までだよ」

暗に、システムを知らないの？　という意味で言ってやる。

「いや、その……ほら、おい、お前。今回は抜《ぬ》けろ」

「そりゃ、無いっすよ！」

「これで三人だ、さぁ、パーティーを――」「はい、残念。もう女の子同士六人で組んでいるから枠《わく》がありません。さようなら」――」

煽《あお》るように声を遮《さえぎ》り、それじゃあ、と言って女の子を連れ出そうとするが、背を向けた瞬間《しゅんかん》、男の一人の手が伸《の》びる。

「ふざけやがって！」

「ミュウさん⁉」

「ひっ⁉」

ルカちゃんの声と女の子の引き攣るような悲鳴が聞こえたが、問題ない。

さっ、と横に避《よ》けると、男が前のめりになる。

こっちはさっきまでレベリングしていたのだ。ただナンパに精を出している連中とは違《ちが》うのだよ。

「なに？　私に触れられないクセに強いとか言ってたの？　ホントに」

女の子はルカちゃんに任せて、私一人で男性プレイヤー四人の相手をする。殺気立って、私を捕《つか》まえようと伸ばす手を、ひらりと避ける。甘い甘い、こんなものは対人戦に比べれば止まって見える。ゴブリン四体の攻撃の方がまだ綺麗な連携《れんけい》をとっている。

ひらひらと回避《かいひ》し続ける私を延々と捕まえようとする男性プレイヤーたち。その様子を周囲にいる野次馬たちに見せつけるだけ見せつけて、私は大きな声で言う。

「リアルとゲーム、勘違いしてるんじゃない？　リアルで喧嘩《けんか》が強い人が、ゲームでも同じように強いわけじゃないんだよ」

「う、うるさい！」

私に指摘《してき》されて顔を真っ赤にして激昂《げきこう》している男性プレイヤーたち。周りで見ている人たちは、誰かが止めてくれるのを期待しているだけだ。でも――

「おっ、きたきた」

私は、あるシステムの使用を待っていた。そして、その影響《えいきょう》がすぐさま反映される。

男たちの体が足元から光の粒子《りゅうし》となり、徐々《じょじょ》に薄《うす》れていく。

「ちくしょう！　何だよ。これ！」

「セクハラ撃退の必殺技《わざ》――【GM《ゲームマスター》コール】だね。それじゃあね」

【GMコール】とは、プレイヤーが対処不可能な問題を解決するための手段で、ゲーム管理者であるゲームマスターに連絡《れんらく》して問題解決をしてもらうことだ。

【GMコール】は、違反行為《いはんこうい》や迷惑《めいわく》行為などの通告、ゲーム上で発見したバグや不具合の報告なども受け付け、それに対処する。今回は、VR特有の身体的なハラスメント行為による通報だ。十分に追い詰められてセクハラ未遂《みすい》と判断される状況を作ってから、野次馬の誰かが【GMコール】を使用するのを待っていたが、思惑《おもわく》通りになったと、私は内心ほくそ笑む。

男たちが消えるのを確認《かくにん》してから、私はルカちゃんの元に戻《もど》る。

「ただいま、ルカちゃん」

「ただいま。じゃありません！　何を無茶しているんですか！」

私が笑顔で戻って来たのに、ルカちゃんが怒《おこ》っている。優《やさ》しそうに垂れ下がった眉尻《まゆじり》をつりあげている。ヤバい、滅多《めった》にないことだけど、ユンお兄ちゃんが本気で怒った時並みに怖い。

「本当に、心配しました」

怒ったかと思うと、今度は泣きそうな顔になるルカちゃん。ホントにごめんなさい！

「ルカちゃん、ごめんなさい。でも、こういうのは割と慣れてるから」

弁解しつつも謝る私に対して、ルカちゃんは驚く。

ああいうナンパ紛いな行為に慣れていることに驚いているようだが、対処法さえ知っていれば楽にあしらえる。

「それより、あなたは変なことされなかった？」

「は、はい！　大丈夫です」

ルカちゃんに隠《かく》れるようにしていた女の子は、上擦《うわず》った声でそう答える。

「助けてくれてありがとうございます」

「ううん。いいの、いいの。私たちも打算で動いたから」

私の打算という言葉にビクッとする女の子に、小動物的で可愛いな。と思っていると、ルカちゃんが彼女を落ち着けるために声を掛《か》ける。

「大丈夫《だいじょうぶ》ですよ。ミュウさんは、いい人ですよ。たぶん」

ルカちゃんとの付き合いはまだ浅いから断言できないよね。と苦笑いを浮《う》かべて、私は女の子に用件を伝える。

「それじゃあ、私たちと野良パーティーを組まない？」

「えっと……はい、お願いします」

「その……そんなに簡単に決めていいんですか？　さっきはパーティーの勧誘《かんゆう》を嫌がっていましたよね」

呆気《あっけ》なく野良パーティーの勧誘に応じてくれた女の子にルカちゃんが尋《たず》ねるが、女の子はさっきよりも落ち着いた口調で言葉を返す。

「あの人たちは、安心できませんでしたから。それにこちらは女の子だけ、なんですよね。むしろ楽しみです」

よろしくお願いします。と深々と頭を下げる女の子に、任された、と私は胸を張って答えた。

ヒノちゃんとの合流は、スムーズにいき、私とヒノちゃんは、それぞれ二人ずつ女の子のプレイヤーを野良パーティーに勧誘することに成功した。

「それじゃあ、自己紹介《しょうかい》をしようか。私はミュウ。スタイルは、魔法剣士《まほうけんし》。光と回復魔法が使えるよ」

「それで、ボクがヒノ。武器は、鎚《つち》と槍《やり》を状況に合わせて使う物理アタッカー。近中距離《きより》での戦闘《せんとう》がメインだね」

よろしくー、と言うヒノちゃん。ここからが私たちが誘った野良パーティーのメンバー紹介になる。

「私は、ルカートです。メインに剣を選びました」

「えっと、ローシーです。火属性の魔法を選びました」

私が勧誘したルカちゃんと助けた魔法使いのローシーだ。特にローシーはおどおどしていてまだ頼《たよ》りない感じだが、慣れれば強くなる……はずだ。

「私は、ネコヤって言います。斥候《せっこう》や、隠密《おんみつ》、盗賊《とうぞく》とかのシーフ系のセンス構成で、武器は鉤爪《かぎづめ》と投げナイフです」

「あたしは、ミリザム。装備は、このハンドアックスと盾《たて》だ」

ヒノちゃんが連れて来たのは、サポート役に近いネコヤと自信に満《み》ち溢《あふ》れているミリザムという子だ。

ミリザムは、色々と化けそうな気がする。跳《は》ね返りという言葉が似合いそうなタイプの子は、あまり協調性はないが、イケイケドンドンな攻撃《こうげき》型が多い。

そういうプレイヤーは、センスの組み方や戦い方で爆発《ばくはつ》的な強さを持つことがあるけど、それと同時に、パーティーのメンバーを選ぶ必要がある。

私やヒノちゃんだけなら、彼女に合わせたパーティーを組めるのだが、ルカちゃんやローシー、ネコヤと一緒《いっしょ》だと歩調が合うか不安になる。

「それじゃあ、早速《さっそく》狩りに行くか？」

「って、ちょーっと待ったぁ！」

いきなり先頭を歩き始めるミリザムに私がストップを掛ける。

「いや、まだセンス装備して、初期装備持っただけの状態だから、ポーションとか買っていこうよ！」

「はぁ？　あんたが回復してくれるんならいらないじゃん」

確かに私は、回復魔法を使えるって言ったけど、ポジションは、魔法剣士だよ。そこのところわかってるかな？

「ミュウちゃん、ここは……」

「はぁ、わかった。私が後衛につくよ」

そうなると前衛が剣士のルカちゃん、ヒノちゃん、壁役《かべやく》のミリザムの三人。

後衛が私とローシーって編成になる。

ネコヤは、遊撃というポジションに自然と収まる。

バランスを考えると悪くはないけど、もう少し相談くらいしようよ。結果は同じでも相談して決めるのが、パーティーの醍醐《だいご》味《み》なのに！

「えっと、確かに、ミュウさんは回復を使えますけど、魔法とアイテムを両方用意すればそれぞれの利点を生かせますよ。だから……」

おおっ、勇気を出して魔法使いのローシーがミリザムに意見している。

「だからなんだよ」

「いえ、その……ごめんなさい」

お願いだからそこでヘタレないでぇ！　と声を上げそうになる私。

同じくヒノちゃんも肩《かた》を落とすが、救いの神は見捨てていなかった。

「まぁまぁ、そんなにドスの利《き》いた声出さないで。備えあれば憂《うれ》いなしって言うでしょ？　買って使わなければ、それはそれでいいんじゃない？」

「……わかったよ」

少し不満そうに納得《なっとく》するミリザム。ローシーの言いたいことをネコヤが代弁したことで、消耗《しょうもう》品の補充《ほじゅう》をＮＰＣ《ノン・プレイヤー・キャラクター》のお店ですることができた。

他《ほか》にも、現状の初心者武器を売却《ばいきゃく》してＮＰＣ製装備にするか、それともこのままの装備でお金を貯《た》めるか、という相談では性格が分かれた。

ローシーとネコヤは、武器はそのままでお金を貯める方針で、ミリザムは、斧《おの》と盾を買い替《か》えることに決めた。

そしてＮＰＣの武器屋店内では……

「ぬぐぐっ……金が足りない。攻撃を取るか、防御《ぼうぎょ》を取るか」

ミリザムは、さっきから十分近く悩《なや》んでいる。まぁ、悩むのは私も嫌《きら》いじゃないからのんびりとおしゃべりしながら待つ。この間に、ルカちゃん、ローシー、ネコヤとも大分打ち解けて話ができるようになった。

「よし！　斧に決めたぜ！」

「それじゃあ、狩《か》りに出かけよう。弱いＭＯＢから段階的に倒《たお》していけば、すぐにある程度のレベルになるよ。私とヒノちゃんは、敵の動きとか特徴《とくちょう》を教えながらレベリングしよう！」

ここから一番近い東門から出て始めよう。と言い、全員で移動する。

東門から出て平原すぐの場所では初心者チュートリアル用とも言える草食獣《そうしょくじゅう》のＭＯＢが出現し、森と平原の境界付近には、それよりもやや強いブルースライムやゴブリンなどが出現する。

そしてフィールドでは――既《すで》に他のパーティーがＭＯＢの出現を待っていた。

「おいおい、倒す敵がいないだろ！」

「あっちゃ～、出遅《でおく》れちゃったかな。ミュウちゃん、どうしよう？」

「どうしようって言われても、困ったね。ヒノちゃん」

β《ベータ》版では、プレイヤー人口がそれほど多くなかったために狩り場の取り合いなどという状況《じょうきょう》はなかったが、正式版で、しかもオープン初日はログイン人数が多くなることは予想できたはずだ。

ＭＯＢが再配置された瞬間《しゅんかん》に、圧殺していく六人パーティーの様子を見ていると、なんとも遣《や》る瀬《せ》無い気持ちにさせられる。

「これが世知辛《せちがら》いゲームの世界よ」

「夢見たファンタジー世界と違《ちが》います」

どこか、達観したネコヤの台詞《せりふ》に、ローシーは現実に打ちひしがれている。

「おいおい、どうするんだ。これじゃあ、パーティー組んだ意味がないだろ」

「まぁまぁ、落ち着いてください」

憤慨《ふんがい》し出すミリザムを宥《なだ》めるルカちゃん。

こうなると……

「うーん。このままこの狩り場が空《あ》くのを待つか、それともMOBはちょっと強いけど、もう少し先の人の少ない所に移動する、か？」

「そうなると、町から離《はな》れた場所辺りが狙《ねら》い目かな？　もしくはそこに隣接《りんせつ》するエリア」

「なんだ。いい場所があるじゃないか。そこに行こうぜ」

「ちょっと待って。みんなの意見を聞かないと！」

一人で決めて移動しようとするミリザムに対して私が待ったを掛けると、少し不貞腐《ふてくさ》れたようにしてわかったと言ってくる。

ヒノちゃんが説明する。

「ミユウちゃんが言ったのは、あくまで一例で、東側の他に西側にもエリアは広がっているからそっちの方に向かってみて段階的な狩りをする、って手もあるよ。ボクとしては、西側の方かな。経験値獲得効率《かくとくこうりつ》は悪いけど、比較的《ひかくてき》倒《たお》し易《やす》いMOBが出現するよ」

東側は、草食獣を始めとして、ブルースライム、ゴブリンなど。

西側で出現するMOBは、野犬、蝙蝠《こうもり》、フォレストベアなど。フォレストベアは、かなり南西寄りの狭《せま》い地域に出現すること以外は、楽な敵であることを私が伝える。

「えっと、私とヒノちゃんは、今回サポートで案を出すだけにして、他の四人でこの二つの案から多数決で決めてくれる」

「東側か西側ですか」

ルカちゃんは内容を吟味《ぎんみ》するように考え込み始め、ミリザムとネコヤは早々に決める。

「あたしは、移動がメンドクサイから、このまま東側がいい。ネコヤはどうする？」

「うーん。私もリスクが高くても早くレベルの上げられる東側かな」

「で、お前はどうなんだ？」

「ひぇっ⁉　わ、私ですか⁉」

ミリザムに意見を求められたローシー。

「えっと、私は、あんまり急に敵が強いところに行きたくないので西……いえ、どっちでもいいです」

「よーし、決まりだな！　東が二人で棄権《きけん》が一人。どうあがいても、西側にはならないから、行こうか！」

ネコヤを連れて、早速東側の平原の奥へと向かうミリザム。ローシーは、まだ発言していないルカちゃんを気遣《きづか》うように見ているが、ルカちゃん本人は仕方がないといった感じで苦笑いを浮《う》かべている。

「ルカちゃんはどっちに行きたかったの？」

私は、ルカちゃんに訊《き》いてみた。

「私ですか？　もう多数決で決まりましたよね」

「だからだよ。ちゃんと意見を言わないと」

「ふふっ、そうですね。私は、まだ色々とわかっていないので、西側にしたかったです」

だけど、今から行く場所も楽しみです。と柔《やわ》らかな笑《え》みを浮かべる。

そして私たちは、人の少ない場所を探すようにして、平原と森の境を歩き、丁度良いエリアを見つけた。

「ここなら、狩りができるね」

場所は南の湿地《しっち》エリア寄りでかなり端《はじ》っこの方だ。町まで距離があるために人も少ない。

「早速、倒すぜ！」

「私を置いていかないでよ」

「ミリザムさん、ネコヤさん。待ってください」

近くの草食獣へと突撃《とつげき》していくミリザム。そして、別の草食獣へと襲《おそ》い掛《か》かるネコヤ。

二人の後を追いかけるローシーは、戦闘に加わるタイミングを計れずにおろおろしている。

戦闘は、ネコヤ自身のステータスがまだ低いためにやや苦戦しているようだ。

「ほら、ローシー。敵の動きが止まっているから今が狙い目」

「う、うん！　――《ファイアー・ボール》」

杖《つえ》を振《ふ》るって生み出した火の玉が、真っ直《す》ぐに草食獣に着弾《ちゃくだん》して、大きなダメージを与《あた》えていく。

そのパーティープレイには程遠《ほどとお》い戦い方に苦笑いを浮かべるヒノちゃんと、自分はどのタイミングで入ればいいか迷っているルカちゃん。

「私は、ミリザムと組みつつ、ネコヤとローシーのサポートもするから」

パーティーの連携を見て、私がサポートに加わるように言う。

「じゃあ、ボクは、ルカちゃんと組むね」

ヒノちゃんはそう言って、ルカちゃんにセンス構成や敵ＭＯＢの特徴を教えながらレベリングに励《はげ》む。

エリアの境界付近では、草食獣の他にも、スライムが混成して出現する。

「おらおら！　これでも喰《く》らえ！」

「少しはＨＰの管理をしようよ。――《ヒール》」

一人、盾で殴《なぐ》り斧を振り回して防御無視の戦い方をするミリザムに私が回復魔法《まほう》を使う。

シンプルな戦い方で、草食獣だけではなくスライムも上から殴り付けている。それを見たローシーとネコヤもやる気を出して、二人で倒し易いスライムに限定して攻撃する。

「ミリザム、後ろから迫《せま》っているよ！」

「わかってる。ああっ、ＨＰがまた減った！　回復早く！」

注意が前方に集中しているミリザムの背後から襲うスライムを、私が《ライトシュート》で倒し、ヒールで回復してあげる。

ふと、ヒノちゃんとルカちゃんに目を向ける。

「スライムの弱点は核《かく》なんだよ。だから、ルカちゃんの場合だと剣《けん》だと核を狙った突《つ》きか核を巻き込んでの斬撃《ざんげき》が有効かな。ボクの場合だと鎚《つち》で核の周囲を叩《たた》くとか」

「私は点と線、ヒノさんは面の攻撃《こうげき》ですか？」

「そうそう。ＭＯＢごとに弱点や動きに特徴があるから、それを知っていればレベル差があっても対処できるから」

「ヒノさんの説明は、丁寧《ていねい》で参考になります」

真剣な表情でヒノちゃんの話を聞くルカちゃん。戦闘《せんとう》と反省を二人で繰《く》り返している様子を見ると、どんどんと動きが良くなってきている。

最初は勝手のわからないＭＯＢ相手に実戦で戦い方を覚え、ヒノちゃんとの連携《れんけい》でＭＯＢを撃破する。

「よし！　あたしの【斧】のレベルが６に上がったぞ」

「早いなぁ。私はまだ４だよ」

「わ、私も、４です」

それぞれが湧《わ》き出るＭＯＢを撃破してレベルを上げる中で、ガンガン戦っていくミリザムは、早くもレベル６に上がり、ネコヤ、ローシーも順調にレベルを上げている。

「調子上がって来た！　次はゴブリンを倒しに行こうぜ！」

「えっと、私は、まだレベルが３なので、もう少しここでやらせてほしいんですが」

おずおずと発言するルカちゃん。それをミリザムは――

「それなら、弱い奴《やつ》をサポート二人が重点的に守ればいいだろ？　あたしは、もっと早くレベルを上げたいんだよ」

そう言って、パーティーの足並みを揃《そろ》えようとはしなかった。

ルカちゃんは、まだレベルは低いけど、今はプレイヤースキルの方を重点的に学んでいるんだ。だから、弱いわけじゃない。ヒノちゃんだって、レベルは低いはずだが、プレイヤースキルによる立ち回りでゴブリン程度なら相手にできる。

「……どうする、ルカちゃん」

私は、ルカちゃんに尋《たず》ねる。私とヒノちゃんが野良パーティーを組んだ理由は、あくまでもみんなにパーティーの雰囲気《ふんいき》を楽しんでもらいたいためだ。だから、こんな思いやりのないパーティーを維持《いじ》し続ける必要はない。

ルカちゃんの言葉に期待しつつ——

「わかりました。奥に行きましょう。ただ、一体ずつ安全に倒していきたいです」

妥協点《だきょうてん》を口にするルカちゃん。私は、少し自分に堪《こら》え性《しょう》がないことを自覚する。ルカちゃんは、まだ諦《あきら》めていない。

「じゃあ、三人ずつに分かれて互《たが》いにフォローし合う。ってのはどう？　ボク、ミュウちゃん、ルカちゃんの三人と、ミリザム、ネコヤ、ローシーって感じで」

バランスも悪くないために、ヒノちゃんの案はすんなり通った。

「それじゃあ、行くか！」

ネコヤとローシーを引き連れて、先頭を進んでいくミリザム。私たちは、そんな彼女たちの後について進んだ。

●

ゴブリンを相手に立ち回るミリザムたち三人は、拙《つたな》い連携ながら一体ずつ撃破するが、ここに来て、ポーションを使うようになる。

「ちっ、なんか、上手《うま》くいかねぇ。サポート、回復！」

一体倒すのに、ローシーが《ファイアー・ボール》で初撃を与えて、ミリザムとネコヤが囲んで物理攻撃で倒すといった戦い方だ。ミリザムが突撃した後では、魔法のタイミングを摑《つか》めないローシーが手持ち無沙汰《ぶさた》な感じでいる。

ミリザムが私に回復魔法を要求してくるが、回復する前に次のＭＯＢとの戦闘を始めたりと対処しづらい。

一方、私たち三人は――

「ゴブリンの弱点は、首、左胸。ここを重点的に攻《せ》めれば、倒し易いよ」

そう言って、ヒノちゃんが、槍《やり》を使ってゴブリンの動きを押さえ込んだところで、ルカちゃんが力強い踏《ふ》み込みからの突きを放つ。

一撃ごとに急所を狙うことで一体に掛かる時間を減らす。慣れると、自然とそこを狙うようになるので、逸《そ》れてもその周囲に当たることが多い。

これによって、ただ武器を振るうミリザムと敵の急所を狙い短い時間で倒すルカちゃんの違《ちが》いが少しずつ表れ始めた。

そして、苦しくなったミリザムは、予想外の行動を取る。

「ええい！　一体一体なんてまどろっこしい！　――《ヘイトバインド》！」

「それは、ここでやっちゃ駄目《だめ》！」

一体ずつ相手にする、と決めたはずだ。なのに、ミリザムは、【盾《たて》】系センスの挑発《ちょうはつ》スキルを発動させる。

ミリザム一人に、周囲にいるＭＯＢのヘイトつまり、敵愾《てきがい》心を集める行動。ノンアクティブのＭＯＢがアクティブに変わり、アクティブのＭＯＢが広い範囲《はんい》から集まって来る挑発スキル。

「逃《に》げるよ。ルカちゃん」

「えっ！　でも」

「いいから！　逃げ道の確保のため！」

ヒノちゃんは、ルカちゃんを連れて、後退を始める。その途中《とちゅう》でこちらへと向かってくるＭＯＢを倒していく。

「ネコヤもローシーも早く逃げて！」

「えっ⁉ なにが」

私は、ネコヤとローシーを逃がすために、殿《しんがり》を務める。

そして、ミリザムを目掛けて集まるグレイラットとミルバード。それを見たミリザムは、頬《ほお》を引き攣《つ》らせながらも強がりの笑みを浮かべて斧《おの》を振り回す。

「ミリザム！ 逃げないと間に合わないよ！」

「なんだよ！ 怖気《おじけ》づいたのか？」

「そうじゃない！ だけど、ここじゃ駄目！」

「怖気づいたなら回復のサポートだけ続けな！」

私の説得は、ミリザムには届かない。ミリザムは、ダメージを受けつつも、襲い来るグレイラットとミルバードに斧を叩きつけて倒していく。

それを見たローシーは逃げる途中で立ち止まり、グレイラットをレベルの上がった《ファイアー・ボール》で倒していく。

「ミュウさん。なんで慌《あわ》ててるの？」

「ここは南寄りだから、南のＭＯＢも混じって出てくる。普通《ふつう》なら湿地《しっち》帯《たい》から出てこない敵が引き寄せられる。――来た！」

周囲に振り撒《ま》いた挑発スキルの効果に引き寄せられたそれが木の間から飛び出る。それは、蛙《かえる》型MOBのムーア・フロッグだ。

私は、それを見た瞬間《しゅんかん》に、動く。

「二人とも、逃げて！」

ローシーとネコヤに逃げるように言って、私は最後にミリザムに回復魔法を施《ほどこ》す。これで彼女のHPは全快になる。それでも――

「何だ、新しい敵――」

言葉を最後まで発することなく、ミリザムは、たった一撃で倒される。ムーア・フロッグの舌による攻撃が、全快のHPを全《すべ》て削《けず》り取ったのだ。

抵抗《ていこう》する間もなく倒れたミリザムの姿に、やっとローシーとネコヤに危機感が生まれ、走り出す。

私は殿として立ち、ムーア・フロッグの追撃に備える。

一番にヘイトを集めたミリザムが倒れた今、次に標的になるのはパーティーの残りのメンバーだ。

「――《ライト・シールド》！」

ムーア・フロッグからの舌による追撃を光魔法の壁《かべ》で受け止め、逸《そ》らす。だが、私ができるのは現れた一体のムーア・フロッグに対処するだけで、残りのグレイラットとミルバードの攻撃に対しては、耐《た》えながら撤退《てったい》するしかない。

「ミュウさん!? この――《ファイアー・ボール》!」

ローシーが攻撃魔法を放つと、火の玉が私とMOBたちの間の下草に燃え移り目隠《めかく》しになる。このタイミングを見計らって、私たちは一気に平原を駆《か》け抜《ぬ》ける。

「あそこが、エリアの境界!」

退路に現れるMOBはヒノちゃんとルカちゃんが倒しており、私はただひたすら走るだけだ。

そして――

「ムーア・フロッグだけ帰っていくよ!」

「なら、残りは倒すだけ。ヒノちゃん」

「うん!」

私たちがエリアを越《こ》えた段階で、ムーア・フロッグは、森の奥へと帰っていく。一匹《ぴき》だけで私たち全員を殲滅《せんめつ》させせられるMOBが居なくなったことで、残っているMOBに対して、私たちは強気の行動が取れる。

「いくよ。――《ライト・ウェーブ》!」

「ふっとべ。――《スマッシュ》!」

私は、レベルが上がったことで習得した光魔法の範囲攻撃《こうげき》を上空へと放ち、ヒノちゃんが地面へと叩きつけたスレッジハンマーの衝撃波《しょうげきは》で地上の敵全てにダメージを与《あた》える。

私とヒノちゃんの範囲攻撃で間近に接近するMOBを全て仕留めることができた。だが、アーツと魔法スキルの待機時間《ディレイ・タイム》の影響《えいきょう》で、すぐさま同じ行動が取れない。

「なら、順番に倒していくまで！　はっ！」

「懐《なつ》かしいね！　β《ベータ》版でもミュウちゃんと二人で無茶した！」

ヒノちゃんと私は、互いに死角を守るようにして襲《おそ》ってくる敵MOBを斬《き》り払《はら》う。

敵の攻撃を瞬時に判断し、順番を付けて倒していく。戦闘の主導権を握《にぎ》るために相手の先手を常に潰《つぶ》していく。

それでも抑えきれないMOBは、私たちを通り過ぎて、ルカちゃんたちの方へと流れる。

「ルカちゃん、ネコヤ！　抑えて！」

「やぁっ！　たぁ！」

返事の代わりに、斬撃《ざんげき》の掛《か》け声が響《ひび》く。

ルカちゃんの片手で操《あやつ》るショートソードがMOBの弱点を的確に切り裂《さ》き、一撃で仕留めていく。また、私たちと同じように戦闘の主導権を得るために、近距離《きんきょり》や攻撃モーションに入った敵に優先順位を付けて、それの高い順にMOBを倒している。

「――《ファイアー・ボール》！」

ローシーの支援《しえん》攻撃に反応して、ルカちゃんは、その場を飛び退《の》く。

炎弾《えんだん》がMOBの密集地点に突《つ》き刺《さ》さり、多くのMOBを倒す。

さっきまでのミリザムとの連携《れんけい》では、同士討《う》ちを警戒《けいかい》して初撃を与えるだけで、あとは外周にいるMOBに散発的に放つしか使ってこなかった魔法だが、ここでダメージディーラーとしての本来の火力にローシー自身が目を白黒させている。

「凄《すご》いルカちゃん。前衛なのに全体を把握《はあく》してる」

ヒノちゃんは、ルカちゃんの動きを見ながらもハンマーを振《ふ》るう手を止めない。私もルカちゃんの資質をこの目で見て一言。

「欲《ほ》しい。ううん、一緒《いっしょ》にパーティーに居てほしい」

欲しいなんて物みたいな扱《あつか》いをしてしまったが、絶対に私たちのパーティーに引き込む。もう、それは決定だ。

その間もルカちゃんは、ネコヤの動きも把握し、優先順位の高いMOBを倒して、次を引きつけ、退《ひ》いたタイミングでローシーの魔法が突き刺さる。

そのサイクルを堅実《けんじつ》に繰《く》り返し、少しの乱れも見せない高い集中力を見せる。

「これでお終《しま》い！　――《ライト・ウェーブ》！」

残ったMOBを私の範囲魔法で一掃《いっそう》したところで、全員がその場に座り込んでしまう。

「まさか、パーティー組んだ人が、MPK《モンスター・プレイヤー・キル》するとは思わなかったよ。しかも、自滅《じめつ》しているし」

MPK――モンスター・プレイヤー・キルは、MOBを利用して他のプレイヤーを攻撃する行為《こうい》のことだ。

ムーア・フロッグが出なくても、運が悪ければ、自分たちもヤられていた。それを考えると文句も言いたくなるが、今は誰《だれ》も文句を言う気力がない。

「とにかく、一度戻《もど》りましょう」

ルカちゃんがそう提案するので、私たちは立ち上がって一度町に戻ることにした。

●

「お前らの所為《せい》でデス・ペナルティーを喰《く》らっただろ！」

「勝手な行動して、私たちをMPKするつもりなの⁉」

町に戻り、一人死に戻りをしたミリザムと顔を合わせて、互《たが》いに出た言葉だ。私とミリザムは口論になり、最終的には喧嘩《けんか》別れのような形になる。去り際《ぎわ》にミリザムから結構酷《ひど》いことも言われた。

「あの……大丈夫《だいじょうぶ》ですか？　ミュウさん」

ルカちゃんが恐《おそ》る恐る訊《き》いてくる。

「大丈夫、大丈夫！　それより、一休みしてからもう一度狩《か》りに出る？　さっき大量に倒したから、換金《かんきん》してアイテム補充《ほじゅう》して、今度は西側に行ってみようよ！」

あんなことの後で少しパーティー内の雰囲気《ふんいき》が暗いために、努《つと》めて明るく答える。

今度は、敵を倒すだけじゃなくて、冒険《ぼうけん》で使える小ネタや小技《こわざ》、ちょっとしたエリアにある採取アイテムなどを教えながらの冒険にしようと言うと、少し雰囲気が良くなる。

その後、ゆったりとした冒険をして、みんな満足することができた。

そして、お別れの時間。

「えっと、なんか途中変なことになっちゃってごめんね」

「い、いえ。助けて貰《もら》ったり、それと連携の大切さとか色々と教わりました！」

ローシーの言葉にネコヤも頷《うなず》く。

「そうだね。私も色々勉強になったよ。さっき、休んでいる時にローシーと話して、二人でパーティーをやっていくつもり」

ローシーとネコヤは、これから二人でパーティーを組んで冒険していくつもりらしい。

私たちとのプレイヤースキルの差を実感し、いつか追い付いてみせる、と意気込んでいる。

そしてルカちゃんは——

「本日はありがとうございました」

「ううん。ボクも楽しかったよ！　でも、ごめんね。ボクがミリザムを連れてきちゃって」

「いいえ、ヒノさんの所為ではないですよ」

「そうだよ。それで、その……ルカちゃんが良ければだけど、また、明日も会わない？

だめ、かな？」

私が上目遣《うわめづか》いで頼《たの》むと、ルカちゃんはくすっと笑《え》みを浮《う》かべてくれた。

「わかりました。では、明日《あした》の午前の待ち合わせでどうでしょうか？」

「うん！　約束！」

よし、約束を取り付けた！　と私は内心ガッツポーズを取り、今日の野良パーティーは解散となった。

夕食の時間に、今日あったことをお兄ちゃんに話し、お風呂《ふろ》に入りながら明日のことを考える。

「むぅ、どうやって、正式なパーティーメンバーに誘《さそ》おう」

パーティー全体を把握する能力、敵に囲まれても動じない冷静な判断力。これはパーティーの司令塔《しれいとう》として絶対に欲しい。

「そうだ。実際に司令塔をやって貰おう！」

浴槽《よくそう》からザバッと立ち上がり、体から流れ落ちるお湯をバスタオルで拭《ぬぐ》って、お風呂から上がる。

「美羽《みう》。風邪《かぜ》引かないようにちゃんと髪乾《かみかわ》かせよ！」

「わかってる！」

リビングの前ですれ違ったお兄ちゃんの気遣《きづか》いを聞きながら、急いで自室へと飛び込み、ヒノちゃんへとメールを送る。

「作戦立案。ルカちゃんに司令塔の楽しさを教える、っと」

そこからメールでの作戦会議をして、夜間にはヒノちゃんとビッグボアでハイスピードレベリングをして、準備を整えた。

●

「ミユウさん、ヒノさん。本当にこっちですか？」

「うん！　今日は、ルカちゃんにも知って貰いたいんだ！　ＯＳＯの醍醐味《だいごみ》を」

昨日の夜、メールでヒノちゃんと連絡《れんらく》を取り、ルカちゃんとどうしたら正式なパーティーを組めるのか相談した結果、【ゴーレム先生】をやることにした。

「今向かっているのは、西の採石場エリアだよ。それと、狙《ねら》いはそのボスＭＯＢのゴーレムだよ」

「えっと、不穏《ふおん》な単語が聞こえたような。ボスって。まさかこれから倒《たお》しに行くとか」

「違《ちが》う違う。目的は、ゴーレムでのレベリング。ルカちゃんには、アーツ１００回成功させて貰うよ」

ゴーレムとの戦闘でのハイスピードレベリング。そして、アーツを１００回決める意味は、まだ内緒《ないしょ》だ。

「ルカちゃんには、パーティーの司令塔としての役割に適性があると思うんだ。だから、私たちに指示を出して」

「ミュウさんたちに指示を？　お二人の方が、経験があるし、なによりアーツ１００回なんて無理です」

ゴーレムと戦うこともそうだが、１００回アーツを決めることに萎縮《いしゅく》するルカちゃん。

「大丈夫。倒さなくていいの、１００回アーツを決めるだけ。ルカちゃんが私たちに指示を出して自分が攻撃する隙《すき》を作ればいい」

「ですが、私の指示で負けたりしたら」

「もう、そんなことでボクたちは恨《うら》んだりしないよ」

「だって、みんなが好き勝手に動いたら、それはパーティーじゃない。ソロの集まり。だから、パーティーの司令塔には絶対の信頼《しんらい》を置いて戦うの。目標のために。だから、そのためのアーツ100回の目標達成を目指すの！」

それが成功したら、達成感と同時にいい物が手に入るよ。と微笑《ほほえ》めば、ルカちゃんの困《こん》惑《わく》気味な表情がキリっとやる気に満《み》ち溢《あふ》れる。

「わかりました。ご期待に添《そ》えるかわかりませんが、やります。まず、ミュウさんとヒノさんのレベルとポジション、役割の確認《かくにん》をしたいと思います」

私たちは互いに、センスステータスを公開する。

【ミュウ】ステータス
所持ＳＰ《センスポイント》7
【剣《けん》Lv15】【鎧《よろい》Lv16】【物理攻撃上昇《こうげきじょうしょう》Lv11】【物理防御《ぼうぎょ》上昇Lv15】【速度上昇Lv3】

【魔法才能《まほう》Ｌｖ11】【魔力《まりょく》Ｌｖ11】【光属性才能Ｌｖ８】【回復Ｌｖ11】【気合いＬｖ15】

控《ひか》え

【魔力回復Ｌｖ９】

【ヒノ】ステータス

【鎚《つち》Ｌｖ12】【槍《やり》Ｌｖ７】【鎧Ｌｖ10】【魔力Ｌｖ10】【ＨＰ上昇Ｌｖ13】【物理攻撃上昇Ｌｖ13】【物理防御上昇Ｌｖ10】【投げＬｖ３】【重い一撃《いちげき》Ｌｖ11】【戦士の心得Ｌｖ７】

【ルカート】ステータス

【剣Ｌｖ６】【鎧Ｌｖ４】【魔力Ｌｖ３】【ＨＰ上昇Ｌｖ３】【物理攻撃上昇Ｌｖ４】【物理防御上昇Ｌｖ４】【体力回復Ｌｖ２】【速度上昇Ｌｖ３】【パーティーＬｖ２】【剣士《けんし》の心得Ｌｖ３】

昨夜、急ピッチでレベリングしたヒノちゃんは、推奨《すいしょう》レベル25以上のゴーレムを相手にまず一撃で倒れない最低水準まで高めた。ただ、物理ステータス重視のゴーレムには、ヒノちゃんの攻撃は今の段階だとほとんど通らないだろう。

パーティー内でゴーレムへの有効打を持つのは、私の光魔法だけだ。

互いに作戦や役割、行動を詰めていると、西の採石場のゴーレムの前まで辿《たど》り着く。

「ミュウさんが正面で引き付けを。ヒノさんは、背後から攻撃して体勢崩《くず》し。お願いできますか？」

「わかった。ヒノちゃん、やれるね」

「β版の頃《ころ》は、ハンマーでゴーレムをコロコロ転がしたんだから、余裕《よゆう》！」

スレッジハンマーを軽く振《ふ》るい、やる気を見せるヒノちゃん。

「そして、私は、ゴーレムの体勢が崩れたところでアーツを放ちます」

ルカちゃんは、こんなやり方でいいのでしょうかと言った感じだが、問題ない。

「さぁ、それじゃあ始めますか！　――《ライトシュート》！」

光弾《こうだん》をゴーレムの頭部目《め》掛《が》けて放ち、私は正面に躍《おど》り出る。

「さぁ、こっちだよ！」

ゴーレムを引き付けるために、何度か光魔法を使って、ヘイトを稼《かせ》ぎ、ゴーレムの大振りな拳《こぶし》を避《よ》けていく。

振るわれる拳の風圧に冷《ひ》や汗《あせ》を掻《か》きながらも、こっちの避ける足は止めない。

そして、ゴーレムが何度目かの拳を振り上げたタイミングでヒノちゃんが走り出す。

「はぁっ――《インパクト》！」

小柄《こがら》な体を更《さら》に低くして、ゴーレムの足元に後ろから接近する。拳を振り下ろすために一度上体を後ろに傾《かたむ》けたゴーレムの足元をハンマーでフルスイングする。

鈍《にぶ》い音が響《ひび》くが、それに反してダメージをほとんど受けないゴーレム。それでもアーツのノックバック効果でゴーレムは足を掬《すく》われ、後ろに倒れる。

ヒノちゃんは、倒れたゴーレムに巻き込まれないように走り抜《ぬ》け、私と擦《す》れ違いざまに、ハイタッチをして、そのまま大回りでゴーレムの攻撃圏《けん》内から離《り》脱《だつ》する。

「行きます！」

「ルカちゃん！　行っけぇ！」

倒れたゴーレムへと近づくルカちゃん。背筋を伸《の》ばして、両手で構えたショートソードに意識を集中させて、アーツを放つ。

「――《デルタ・スラッシュ》！」

踏《ふ》み込みから放たれる三連撃が決まる。しかし、ダメージはほとんどなく、岩の体に浅い筋を残しただけだ。

そこに一瞬《いっしゅん》だけ落胆《らくたん》の表情を見せるも、すぐに自分の本来の目的を思い出したルカちゃんは、ゴーレムから距離《きょり》を取り、ヒノちゃんと共に次の攻撃のタイミングを見計らう。

「ミュウさん、こんな感じでいいですか」

「バッチリ！　まだまだ行くよ！」

と言いつつ、私は再度《ライトシュート》を連発していく。

今度は、接近しての踏み潰《つぶ》し攻撃をするゴーレムだが、片足を上げれば、ヒノちゃんが一気に駆《か》け寄り、軸足《じくあし》をハンマーで叩《たた》く。

砂煙《すなけむり》を上げながら横倒しになるゴーレムに接近し、ルカちゃんが再びアーツを放つ。

先ほどよりも《デルタ・スラッシュ》で付けた傷跡《きずあと》が太くなっていることから、レベリングの効果が目に見える。

戦闘《せんとう》は、単純作業となり、ルカちゃんは、常に堅実《けんじつ》な行動を取る。

「ミュウさん！　退《ひ》いてください！　少し動きに精彩《せいさい》を欠いています」

「わかった！　ヒノちゃん。撤収《てっしゅう》！」

多分、ルカちゃんがアーツを30回ほど決めたくらいだろうか。私は、ゴーレムの攻撃を躱《かわ》す間も、光魔法を使ってヘイトを稼ぐことを繰《く》り返す。

ゴーレムへの決定打はないもののHP、MP共に安全マージンを取りつつ戦っていた気がするが、ルカちゃんからの撤退の合図。

私たちは、ゴーレムとの戦闘から離脱して、境界線近くのセーフティーエリアまで戻《もど》って来る。

「ミュウさん、大丈夫《だいじょうぶ》ですか？」

「平気だよ。って、あれ？」

ふらっと足元が縺《もつ》れ、ルカちゃんが咄嗟《とっさ》に支えてくれた。

「ごめん。疲《つか》れていたみたい」

気づかない間に、精神的疲労《ひろう》を溜《た》めこんでいたみたい。ゴーレムとの体格差から受ける圧迫《あっぱく》感や攻撃に当たってはいけないという緊張《きんちょう》感が長く続けば、それは集中力も切れるはずだ。

「ミュウさんは休んでいてください。私とヒノさんだけで続けます」

「それじゃあ、行ってくるね」

私は、セーフティーエリアからルカちゃんとヒノちゃんの後ろ姿を眺める。

ヒノちゃんは、武器をハンマーから長槍に切り替《か》え、ゴーレムと対峙《たいじ》する。

一度、戦闘から離《はな》れたために、完全回復したゴーレムに対して、ヒノちゃんは槍による中距離の牽制《けんせい》を繰り返し、ヘイトを稼ぐ。

「はぁ！　――《デルタ・スラッシュ》！」

ルカちゃんは、ヒノちゃんがゴーレムの気を引いている隙に、背後から待機時間《ディレイ・タイム》――発動までの時間が短い《デルタ・スラッシュ》を放ち、離れる。

「ルカちゃん。そっちに、ヘイトが移ったよ！」

「わかりました！　避《よ》けるのに専念します」

長槍だとダメージは少ないので、何度かルカちゃんがアーツを放てば、ルカちゃんの方にターゲットを変更《へんこう》するゴーレム。

ヒノちゃんは、自身からターゲットが外れたために武器をハンマーに替えて、ゴーレムの背に最大攻撃を放つ。

「――《ブレイク・ハンマー》！」

上段から振り下ろされるハンマーがゴーレムの内部に衝撃《しょうげき》を伝える。

「これでボクを無視できない。――《インパクト》！」

《ブレイク・ハンマー》が防御《ぼうぎょ》力低下の効果を持つアーツなら、《インパクト》は単純な物理的強攻撃のアーツだ。

防御力低下からの強攻撃を背後から受けて、前のめりになるゴーレム。今の一連の動作で、ヒノちゃんにターゲットが戻る。

「今すぐに私が攻撃すると私にまたターゲットが移るので耐《た》えてください！」

「それじゃあ、また槍でダメージ調節をしますか」

ヒノちゃんが再びハンマーから長槍に武器を切り替え、ゴーレムを引き付け、ルカちゃんがアーツを決める。既《すで》に何回アーツを放ったのかわからないが、ルカちゃんの動きがかなり良くなってきている。

「ヒノさん。そろそろ休憩《きゅうけい》しましょう」

ルカちゃんの提案で二人が私のいるセーフティーエリアまで戻ってくる。

ゴーレムレベリングを始めて、大分時間が経《た》つ。流石《さすが》にヒノちゃんとルカちゃんにも疲れが見えている。

「50回くらいアーツを使った？」

「さっきので、61回目です。レベルは極端《きょくたん》な上がり方ですね」

律儀《りちぎ》に数えていたルカちゃん。レベリングで成長したステータスを見せてくれる。

所持ＳＰ２
【剣Ｌｖ11】【鎧Ｌｖ４】【魔力Ｌｖ８】【ＨＰ上昇Ｌｖ３】【物理攻撃上昇Ｌｖ10】【物理防御上昇Ｌｖ４】【体力回復Ｌｖ２】【速度上昇Ｌｖ７】【パーティーＬｖ８】【剣士の心得Ｌｖ９】

攻撃を受けないために、物理防御系の【鎧】と【物理防御上昇】のセンスが上昇せず、ダメージを受けないためにＨＰ上昇系の【ＨＰ上昇】と【体力回復】のセンスのレベルも上がらない。

これはある特定条件を満たすための併用《へいよう》レベリングだから、センス自体のレベリング速度は、ビッグボアとの対峙に比べれば遅く、鍛えられるセンスも限られている。

●

「ミュウさんとヒノさんは、どうしてこのゲームをやっているんですか？」

ゴーレムでのレベリングの休憩の合間に、ルカちゃんが尋《たず》ねてくる。

「私は、お姉ちゃんに会いたいからかな」

「お姉さん、ですか？」

「そうそう、遠くにいるお姉ちゃんに会えるから。あとゲームが好きだから」

「ボクも同じくゲーム好き！」

私とヒノちゃんは、ゲーム好き同士で意気投合したのがきっかけだ。

「それで、ルカちゃんは、なんでOSOを始めたの？」

私が逆に尋ねると、気恥《きは》ずかしそうに顔を赤らめて俯《うつむ》き、掠《かす》れるような声で答える。

「私、――――が好きなんです」

「何が好きなの？」

「ですから、ファンタジーが好きなんです」

「私も好きだよ。ファンタジーRPG」

どうしてそれを恥ずかしがるのか、といった感じで言えば、違《ちが》うと否定されてしまう。

「私が好きなのは、ファンタジー小説なんです」

「ラノべ的な？　ボクもたまに読むよ」

ヒノちゃんと同じく、漫画《まんが》やゲーム原作、攻略本《こうりゃくぼん》以外は、あまり本を読まない私だが、ゲームのスピンオフ作品なら読むので、なるほど、と納得《なっとく》するがそれも違うようだ。

「いえ、どっちかと言うと、ファンタジー文学と呼ばれる分類の本です」

例えば、映画化された有名な指輪の話だとか魔法少年《まほう》だと言われて、やっと理解する。

「その、ですね。昔からそうした本とか神話が好きで、しかも実際に体験してみたくて、このゲームを始めたんです」

恥ずかしいのか、どんどんと俯き、顔を隠《かく》すようになってしまう。

なんだろう、凛々《りり》しいルカちゃんの恥ずかしがる姿が可愛《かわい》い。思わず抱《だ》き付きたくなるほどだ。

更《さら》にルカちゃんの口から話を引き出して、恥ずかしがる姿を堪能《たんのう》したい。

「ねぇ、ルカちゃんはファンタジーのどんなところが好きなの？」

「いや、その、大軍に対して、果敢《かかん》に攻《せ》める英雄《えいゆう》とか、ドラゴン退治とか」

俯いた顔の正面に回り込めば、一層顔を赤くして逆の方に背《そむ》けるルカちゃん。

どんどんと小さくなっていくルカちゃんに、まさかの英雄願望があったなんて意外だった。もっと見たいと思って背けた顔の方に回り込もうとすると、ヒノちゃんが止めてくる。

「ミユウちゃん、あんまりイジメないの」

「だって、可愛い反応でつい……ごめんね」

「いえ、大丈夫です」

少し落ち着いたのか、普通《ふつう》に返事をするルカちゃん。だが、その顔は、まだ少し赤い。

「それで、ルカちゃんにとってOSOの世界は、期待通りだった？」

「はい。期待通り。いえ、それ以上に楽しいです」

私の質問ににっこりと微笑《ほほえ》むルカちゃん。ああ、楽しんでいるなと思い、それに触発《しょくはつ》されて私もやる気を出す。

「よし！　それじゃあ、休憩終わり！　ゴーレムともう一戦するぞ！」

「おー！」

私の勢いに合わせて、ヒノちゃんは拳《こぶし》を上げ、ルカちゃんは苦笑いを浮《う》かべている。

そして、休憩して再び三人で後半戦を万全《ばんぜん》の状態で挑《いど》む。

再度、ゴーレムのところに戻る私たち。最初と同じ作戦でいくのかと思っていたが――

「ミュウさんは、後衛。ヒノさんは、遊撃《ゆうげき》での体勢崩《くず》し。私が正面に立ちます」

ヒノちゃんはビックリして固まっているが、私はルカちゃんも正面に立ちたいんだろうな、と思った。もしかしたら、ずっとゴーレムの前に立って戦っていた私たちが、ファンタジーの英雄みたいに見えたのかもしれない。

「……わかった。指揮官のルカちゃんに従う。もし、ルカちゃんが負けたら、私たちも死に戻りで後を追うからね」

「では、行きます。――《デルタ・スラッシュ》！」

ゴーレムの左側の足へとアーツを放つルカちゃん。そして、その初撃でゴーレムがルカちゃんの方へと向く。

ルカちゃんは、ゴーレムの左足に近い場所に位置取り、その攻撃《こうげき》を反時計回りに動いて避《よ》けている。

「はぁ！《デルタ・スラッシュ》！」

私たちと対峙するゴーレムの動きを見続けていたルカちゃんは、しっかりと行動パターンを見極《みきわ》めていた。

腕《うで》の振《ふ》り上げや振り回し、足踏《あしぶ》みなどの攻撃行動は、常に右側から始まる。だから、攻撃を見てからでも避けられる左寄りに位置取り、攻撃を避けた後にアーツを放つ。

「ヒノさん！」

「了解《りょうかい》！　ミュウちゃんも合わせて！」

大きく飛び退《の》いたルカちゃんの指示で、大振りのモーションを見せたゴーレムに一気に接近するヒノちゃん。ゴーレムの足元を掬《すく》い上げるヒノちゃんの強烈《きょうれつ》なハンマーのスイングに合わせて、私がゴーレムの側頭部に魔法を放つ。

「はぁ――《インパクト》！」

大きく横倒《よこだお》しになるゴーレム。私とヒノちゃんは、飛び退き、距離《きょり》を取る。ルカちゃんは、倒れたゴーレムとの距離を詰《つ》めて、目の前にある頭部にアーツを繰《く》り返し放つ。

「《デルタ・スラッシュ》《デルタ・スラッシュ》《デルタ・スラッシュ》！　っ⁉」

3回、アーツを繰り返し放つ間にも、ゴーレムはのっそりと起き上がる。

私たちの猛攻《もうこう》でもそれほどダメージを受けていない。

起き上がったゴーレムは、ルカちゃんの方へと向き、右腕を横に振るう。

「ルカちゃん！」

アーツ使用直後の硬直《こうちょく》時間で、ルカちゃんは反時計回りに避けることができない。迫《せま》るゴーレムの腕を見て、声を上げるヒノちゃんだが、私は信じている。

「はぁっ！　――《デルタ・スラッシュ》！」

迫る右腕を反時計回りに避けることができないルカちゃんだが、ちゃんと安全圏《けん》を観察していた。ゴーレムの股下《またした》へとスライディングして潜《くぐ》り抜《ぬ》けて後ろへと回り、左足にアーツを放ち、ゴーレムの左側に戻《もど》る。

「股抜けとか、度胸ある」

「危なかったです」

「――《ライトシュート》！」

「もう、ボク、心臓バクバクだよ」

ヒノちゃんは、胸を撫《な》で下ろしている。私も、手に汗《あせ》を握《にぎ》っている。もしも間に合わなかった場合に備えて、防御《ぼうぎょ》魔法の《ライト・シールド》を用意していたが、使わずにすんだ。

その後も、ルカちゃんは、安定した反時計回りの攻撃を続け――

「これで100回目の――《デルタ・スラッシュ》！」

三連撃がゴーレムの左足に刻まれる。最初は、薄《うす》い筋だった攻撃も今では、深い筋を残して確実にダメージとなっていた。

ルカちゃんの表情が困惑《こんわく》から驚《おどろ》き、そして喜びへと変わる。

「二人とも、ズルいですよ。こんな贈《おく》り物をくれるなんて」

「なら、最後にそれを、ゴーレムに放っちゃいなよ！」

「タイミングは、ボクが作る」

これが最後だ。アーツ100回の目標を達成したルカちゃんは、剣《けん》を正眼に構えて、放つタイミングを見計らう。

「っ、今です！」

「もう一回だ。――《インパクト》！」

ヒノちゃんがハンマーでゴーレムの左膝裏《ひざうら》を強打すると、ゴーレムは膝カックンの状態で斜《なな》めに倒れる。そして、ルカちゃんは迫りくる岩石の巨腕《きょわん》に対して、アーツを放つ。

「はぁあっ！——《ショック・インパクト》！」

両手で握り締《し》めた剣がゴーレムの巨腕を打ち返した。

そのまま、仰向《あおむ》けに倒れるゴーレム。だが、トータルではゴーレムのHPの一割程度しか削《けず》ることができなかった。

●

私がなんでルカちゃんにアーツ100回なんて目標を提示したのか。それは、アーツの取得方法には、レベル上昇《じょうしょう》によるものと特定条件の達成によるものの二つの方法があるから！

今回のゴーレムにルカちゃんのアーツ100回というのは——

【防御力の高い相手に100回アーツを決める】——《ショック・インパクト》

【デルタ・スラッシュを100回使う】——《フィフス・ブレイカー》

この二つのアーツを同時に取得する条件を満たしやすい相手だからだ。

《フィフス・ブレイカー》は、レベルが上がればいずれ手に入るが、使いやすいアーツ。

《ショック・インパクト》は、打撃属性を持った剣系のアーツなので、ゴーレムなどの物理耐久《たいきゅう》性が高くて打撃攻撃に弱い敵への有効打になりえる。

β版に、ゴーレムを利用したアーツ取得術があり、また似たアーツ取得の達成条件などに利用されることから、この方法はゴーレム先生のアーツ取得講座――通称《つうしょう》【ゴーレム先生】と名付けられている。

そして、最後にルカちゃんへのネタばらしだ。

「――と、だからルカちゃんは、二つのアーツが取得できたね。おめでとう」

「おめでとー！」

私とヒノちゃんがそう祝うと、ルカちゃんは嬉《うれ》しそうな、恥ずかしそうな笑《え》みを浮かべる。

「ありがとうございます。ミュウさん、ヒノさん」

「それともう一つ――」

言うのは、このタイミングだ。ヒノちゃんと頷《うなず》き合い、一緒《いっしょ》に言う。

「「――ルカちゃん、私たちと一緒にパーティーを組んでください！」」

私とヒノちゃんが頭を下げてお願いする。しばしの沈黙《ちんもく》が流れて、くすっと笑い声が聞こえたので、そっと顔を上げる。

「もう、ミュウさんたちとゴーレムにリベンジしたくなるじゃないですか」

「それじゃあ！」

「まだ、未熟者ですけど、よろしくお願いします」

ルカちゃんが背筋を伸《の》ばして、深々と頭を下げる。私たちのパーティーへの加入を承諾《しょうだく》してくれた。

「ですが、あれだけアーツを決めてもＨＰの一割しか削れませんでした」

少し残念そうに呟《つぶや》くルカちゃん。

「早速《さっそく》、対策を練《ね》る？　ボクたちがゴーレム打倒《だとう》するために」

ルカちゃんを励《はげ》ますように、小さな握り拳を作って、これからのことを決めようとするヒノちゃん。

「まず足りないのは、レベルだよね。それから装備」

私が、足りないものを上げて、互《たが》いの姿を確認《かくにん》する。ＮＰＣ製の装備では、ゴーレムにダメージを与《あた》えるのは難しい。

そして、正式版からＯＳＯを始めたルカちゃんには――

「すみません。お金がありません」

「じゃあ、最初は、金策しながら自分たちのレベリングだね」

そうと決まれば、早速行こう！　ゴーレム先生による極端《きょくたん》なレベリングで偏《かたよ》った防御力を補い、お金が手に入る方法を探そう！

「ゴーレム！　首を洗って待ってなさい！　強くなった私たちが絶対に倒すんだから！」

私がビシッと指差して宣言する。ルカちゃんたちと一緒に強くなる。

だけど、その前に金策だ！　新しい装備を手に入れるために！

三話　トウトビとファッション

ルカちゃんが正式にパーティーに加わり、数日が経《た》った。

ヒノちゃん、ルカちゃんそして私の三人は、積極的にクエストをこなして、レベリングだけじゃなくて、お金集めも重点的に行っていた。

「うーん。昼間はお金稼《かせ》ぎのクエスト。夜の短い時間にはハイスピードレベリングしてたからレベルはそこそこ高いんだけどなぁ」

私は、唸《うな》りながら自分のセンスステータスと睨《にら》めっこする。

【ミュウ】のステータス
所持SP《センスポイント》12
【片手剣Lv4】【鎧《よろい》Lv20】【物理攻撃《こうげき》上昇Lv25】【物理防御《ぼうぎょ》上昇Lv22】【速度上昇Lv7】
【魔法《まほう》才能Lv18】【魔力Lv18】【光属性才能Lv15】【回復Lv15】【魔力回復Lv10】

控《ひか》え
【剣Lv30】【気合いLv17】

レベリングを繰《く》り返し、【剣】のセンスはレベル30となり、派生センスが現れたので、β《ベータ》版で使っていたものと同じ【片手剣】を取得した。

だが、私の目標にはまだ届いていない。

正確には、必要レベルではなく、合計取得SPが目標に達していない。

合計取得SPが20を超えると取得できる基本的なセンスも増えるので、あと8ポイントのSPを手に入れたい。

「って言っても焦《あせ》っても仕方がないよね。それより注文していた装備を受け取りにいかないと」

町中で一人呟《つぶや》きながら、とあるお店を目指す。

第一の町の大通りの交差地点に建てられたOSOの鍛冶《かじ》系トップの生産職のお店【オープン・セサミ】へと挨拶《あいさつ》しながら入店する。

「こんにちは！　マギさん居ますか？」

「ミュウちゃん、いらっしゃい。装備を受け取りにきたの？」

金槌《かなづち》を片手に汗を滴《したた》らせる褐色《かっしょく》の肌《はだ》の女性――トップ鍛冶師のマギさんがお店の奥から現れた。

「それもあるけど、お祝いです。開店、おめでとうございます！」

「って言っても正確には、まだ開店準備中なんだけどね。β版の時の常連さんはお店に案内して、新規のお客さんは露店《ろてん》と、半々かな」

と、照れくさそうに可愛《かわい》らしく笑うマギさん。可愛くてしかもスタイルがいい上に、おっぱいの破壊《はかい》力が凄《すご》い。羨《うらや》ましい。

「早くに生産拠点《きょてん》を構えられたのは、ミュウちゃんのようなβ版からの常連さんたちが引き続き通ってくれるおかげだよ」

「そんな、マギさんの武器がいいからですよ！」

互いにそんな会話でリラックスして、さて、とマギさんが前置きをする。

「それじゃあ、注文されていた装備だけど、β版の時と同じでよかったよね」

「はい！　目指すは、パラディン！　剣と鎧《よろい》で敵を薙《な》ぎ払います！」

ぐっ、と細い腕《うで》で力こぶを作ってみせれば、マギさんはカウンターに肘《ひじ》をついてニコニコと微笑《ほほえ》んでいる。

私はなんだか恥《は》ずかしくなり、えへへっと誤魔化《ごまか》すように笑う。

「やっぱり、元気な子を見ると私も元気になるな。そんなお姉さんからちょっとしたサービス」

そう言って取り出された白銀の装備は、私の目を釘付《くぎづ》けにする。

「おおおっ⁉　ちょっと装備のステータスが高い！」

「ふふふっ、ミュウちゃんはちゃんと分かっているよね。これは、そう！　ただの鉄じゃない。上質な鉄製なんだよ！」

「な、なんだってー！」

上質な鉄と言えば、序盤のこんなに早い段階で手に入れることは、結構凄いことだ。鉄インゴットとは別物扱《あつか》いの【上質な鉄インゴット】は、生産で使う素材であり、鉄と同じ性質を持つものの、それで生産される装備は上質な鉄製の方が強く、あらゆる面で性能が高い。その分生産難易度もちょっと上がるわけで……

「い、いいんですか⁉　でも、えっ⁉　だって！」

私は軽いパニックに陥《おちい》り、思うように言葉が発せられない。

まだＯＳＯの正式版サービスが始まってそんなに時間が経っていないのに、私の装備一式を全《すべ》て上質な鉄で作るなんて多大な労力が窺《うかが》える。

上質な鉄鉱石五個を精錬《せいれん》してインゴット一個。それが片手剣《けん》なら二個、全身鎧なら四個必要と考えると、計三十個の鉱石が必要になる。

「ミュウちゃんの言いたいことは、大体わかってるよ。これを揃《そろ》えるのにゴーレム何体を狩《か》ったのか。ってね」

そうだ、それだけのものをゲーム序盤《じょばん》で手に入れるには、私たちが倒《たお》せなかったボスMOBのゴーレムの通常ドロップとして、例えば、フルパーティー六人で戦ったとしても最短五周は必要だ。

「いつ、何体のゴーレムを倒したんですか⁉」

「残念だけど、これはゴーレム狩り以外の方法での入手。まぁ、安く入手できる方法を見つけた、ってことで理解してね。ただ、普通《ふつう》の鉄を沢山《たくさん》使うからいつもより鉄は高く買い取り中だよ」

マギさんは、装備の持ち込みはうちにしてね、とウィンクしてくる。

「わかりました。頑張《がんば》って、敵をバッタバッタと薙ぎ倒して装備を奪《うば》ってきます！」

「うん。よろしくね。それじゃあ、追加効果のボーナスを決めちゃおうか」

私が納得《なっとく》したところで、マギさんが、装備の追加効果を設定し始める。

普通の鉄製武器だと二種類だが、上質だとそれより多く追加効果を付けることができる。

今は、好みの追加効果を付与《ふよ》する強化素材を持っていないので、【鍛冶】スキルのボーナスだけだ。

「それじゃあ、剣には【ATK《アタック》ボーナス】で鎧には【DEF《ディフェンス》ボーナス】をお願いします」

「前と同じだね。了解《りょうかい》だよ」

そう言うと、一度テーブルに並べられた私の装備がカウンターの裏側の作業台に移され、追加効果がそれぞれ付けられていく。

その間、私は手持ち無沙汰《ぶさた》からお店の中を眺《なが》める。

多様な武器やアクセサリーが飾《かざ》られた棚《たな》には、汎用《はんよう》性の高い装備が並べられている。さらにカウンターの奥には、マギさんの個人的趣味《しゅみ》である特化型武器やピーキーな性能の武器、不人気装備なども飾られている。

お店の構造は、β版のお店とあまり変わらないのだが、ただ一点だけ、カウンター脇《わき》に小さな薬品棚が用意されていた。

ポーションや丸薬《がんやく》などの消耗品《しょうもう》が申し訳程度に置かれた棚だ。

「マギさん、【調合】も始めたんですか？」

「あ、それ。ううん、それは委託販売《いたくはんばい》のコーナー。知り合った生産職の子から買い取って売ってるの」

「これ、結構安いですよね」

つい最近、転売ギルドがポーションの転売を中心に活動していたために、一時的にポーション価格が暴騰《ぼうとう》していた。今では落ち着いたが、それに比べてもここに置かれているのは回復量も値段も良心的と言える。

「それでも委託販売料の上乗せがあるからちょっと高めだよ」

「装備の購入《こうにゅう》とメンテナンスのついでと考えれば、十分ですよ」

いくつものお店を回る手間を考えれば、MOBを数匹倒《ひきたお》すだけで元がとれる差額なんてたいしたことない。いわゆる、コンビニ価格と同じだ。

「これは買いだね！　マギさん、ポーション十個と解毒《げどく》ポーション五本ちょうだい」

「わかったわ。それじゃあ、武器と防具一式とポーション代合わせて端数《はすう》切り捨て40万G《ゴールド》でいいわ」

「それじゃあ、一括《いっかつ》で！」

私は、お金を払《はら》い、マギさんから装備一式とポーションを受け取る。ハイスピードレベリングの経費と今回の装備代金を合わせてβ版から引き継《つ》いだお金は殆《ほとん》ど尽《つ》きた。後は、メンテナンス用の費用と細かな消耗品購入のために残してあるだけだ。

しばらくは、レベリングよりも金策に比重を置かないと駄目《だめ》そうだ。

「それでミュウちゃん、ここで着替《きが》える？」

「ううん。実は、同じパーティーの子たちも装備を買うから、それに合わせて全員でお披《ひ》露目《ろめ》とかいいかな、って考えているんだ！」

「そっか。じゃあ、また何かあったら気軽にお店に来てね」

「ありがとうございました！」

マギさんはお店の奥へと戻《もど》り、じきに金属を叩《たた》く音が響《ひび》き始める。一定のリズムで刻まれる金槌の音を聞きながら、私も【オープン・セサミ】を後にする。

●

「ヒノちゃん！　待った？」

「全然、今度は時間通りだね！」

「むぅ、まだ言うなんてヒドいよ！」

「あははは っ、ごめんね」

マギさんのお店で装備を受け取った私は、その足でルカちゃんとヒノちゃんとの待ち合わせ場所に向かう。

先に来ていたヒノちゃんは、前に私が待ち合わせに遅《おく》れたことを茶化す。私が不機嫌《ふきげん》そうに頬《ほお》を膨《ふく》らませると、軽く謝ってきた。

元々、怒《おこ》っていないので、互《たが》いに軽いスキンシップ代わりだ。

「それで、ルカちゃんは？」

「さっき、フレンド通信があって、露店を見てから来るって言ってた」

「それじゃあ、装備でも見ているのかな？」

最近は、三人で時給効率のいいクエストを周回したり特定ＭＯＢを狩ったりして、刺激《しげき》が少ない。けど、その分武器か防具のどちらかなら高価なものでも買えるだけのお金が集まったはずだ。

「ヒノちゃんは、装備買ったの？」

「うん！　さっき、お願いしていた装備を受け取ったところ。ミュウちゃんは？」

「私も同じ」

互いに、考えることは同じのようだ。今ここで新しい装備に替《か》えるよりも、ルカちゃんが装備を買って来たところで一緒《いっしょ》に新しい装備に着替えて、お披露目したい。

私とヒノちゃんは互いにβ版の時の姿を知っているので、装備を切り替えるタイミングを相談しているのは、ドッキリを準備しているみたいで楽しい。

「ミュウさん、ヒノさん。こんにちは」

私たちが話し込んでいる間に、ルカちゃんが待ち合わせ場所に来た。ただ、その表情はどこか暗く、影《かげ》を落としている。

「ねぇ、ルカちゃん。どうかした？　何かあった？」

「い、いえ！　何でもありません！　大丈夫《だいじょうぶ》です！」

「ボクたちでよければ、話を聞くよ」

「あぅ……その」

私たちが心配になってルカちゃんの顔を覗《のぞ》き込めば、恥ずかしいのか少し顔を赤くして、少しだけ暗い表情の理由を話してくれた。

「その……前々から目をつけていた武器があったんですよ。ちょうど、今使っている片手剣とサイズが同じで……」

ルカちゃんによると、武器のステータスは鉄製としてはやや高めで、ATKボーナスとクリティカル補正のある剣の割には、値段が安めに設定されていたらしい。

防具の頭金が貯《た》まり、今日の冒険《ぼうけん》を少し頑張れば、武器も買えるのではないか、と思い、その露店へと足を運んだらしいのだが……

「その露店が見当たりませんでした」

「あら、残念。でもチャンスはあるよ！」

「ボクもそういう経験あるなぁ。狙《ねら》っていたアイテムを買いに行ったときには売り切れだったり、露店をやっているプレイヤーがたまたま不在とか場所移動していて買えなかったり」

眉尻《まゆじり》を下げて、しょんぼりしているルカちゃんも可愛《かわい》いけど、ここは一つ元気づけるために、提案する。

「それじゃあ、今日はルカちゃんの仮の装備でも見つけに行く？」

「装備ですか？」

「ダンジョン産のお宝や敵ＭＯＢのドロップでランダム生成される武器狙い。運が良ければ、ルカちゃんの繋《つな》ぎの装備も手に入るだろうし、繋ぎにならなくても手に入れた装備を【鍛冶《かじ》】系の生産プレイヤーに売れば、お金になる」

マギさんも鉄の持ち込みを大歓迎《かんげい》していた。なら、この機会に鉄装備をドロップする敵をじゃんじゃん倒して稼《かせ》ぐのもいいかもしれない。

「あの、私のことは気にしないでください。いつも通りに時給効率のいいクエストをすればいいんですから」

「ボクは、ミュウちゃんの案に賛成かな。防具の頭金はあるから急いでお金を集める必要はないんだし」

「そう、ですね。わかりました」

ヒノちゃんの意見を聞いて、ルカちゃんが考えを変えたところで行き先は決定した。

「それじゃあ！　リビングアーマーのダンジョンにレッツゴー！」

「おー！」

「お、おー」

私と一緒にノリよく拳《こぶし》を突《つ》き上げるヒノちゃんと、恥《は》ずかしそうにしながらも小さく拳を突き出すルカちゃん。

私たちは、周辺に点在する小規模ダンジョンの一つへと向かった。

「物理一辺倒《いっぺんとう》！　ゴーレム系に分類されるリビングアーマーを狩りまくろう！」

「とは言っても、全然敵が来てませんね」

「ボクたちより先に誰《だれ》か来てるのかな」

そうなのだ。意気揚々《いきようよう》と地下第一階層に入っても、リビングアーマーが一体しかいなかった。それも再出現《リポップ》したばかりなのか、第一階層全《すべ》てを回っても、敵ばかりか宝箱もない。

「どうする？　今からクエストを受け直す？」

「そうですね。先行している人がいるのなら時間を置いた方が良さそうですし」

「これは――競争だ！　どっちが最初に最奥《さいおう》の宝箱を回収するかの戦いだ！」

「ミユ、ミユウさん！」

何の成果も上げられずに、すごすごと戻るなんてあり得ない！　全滅《ぜんめつ》させる勢いで第一階層の敵を倒《たお》しているプレイヤーということは、きっと実力があるのだろう。その顔を一度確かめたい。

「と、いうことで作戦変更《へんこう》！　最短コースで最奥まで突っ切る！」

「まぁ、浅いダンジョンですからそれでも行けるかと」

「なら、ボクが先に行くね！」

ヒノちゃんは、ダンジョンでの取り回しを考えて、大槌《おおつち》を肩《かた》に担《かつ》ぎ、駆《か》け出す。

それに合わせて、私とルカちゃんが後からついていく。

私もヒノちゃんもβ版でこのダンジョンを周回したために、最短コースは覚えている。

第二階層への階段を早々に見つけ、降りると、同じく敵の見当たらない洞窟《どうくつ》をひた走る。

「ここも人が居ないってことは、最下層だね！」

「ミユウさん、最下層に居るのはどんな敵なんですか！」

私と並走するルカちゃんがこのダンジョンの敵の編成について尋《たず》ねてくる。

「全部リビングアーマーだよ！　ただ、武器が銅製から鉄製に変わるから、その分、攻撃《こうげき》力だけちょっと高くなってる！」

「他《ほか》にも、数が揃《そろ》うと連携《れんけい》も取るようになるよ」

「ああ、忘れてた！」

ヒノちゃんが補足する内容に、集団で槍《やり》を構えたリビングアーマーに囲まれた時のことを思い出す。あれはリビングアーマーたちの編成の運が悪く、隙《すき》を突くのが難しかったが、魔《ま》法《ほう》で包囲網《ほういもう》の一角を崩《くず》して抜《ぬ》け出して対処できた。

「他にも、動きが遅《おそ》いけど階層内だったら延々と追ってくるとか、色々かな。あ、最下層への階段が見えたよ！」

私たちは、第二階層を走り抜けて、最下層に続く階段の前へと辿《たど》り着く。

階段を降りた先には、密集するリビングアーマーたちが廊下《ろうか》で待ち構えていた。

「戦闘《せんとう》準備！　数が多いよ！」

私は、買い溜《だ》めした武器をこの場で全て使い切るつもりで目の前のリビングアーマーの胴体《どうたい》部分へと斬《き》り掛《か》かる。

ヒノちゃんは、スレッジハンマーで鎧《よろい》の頭部を強打する。吹《ふ》っ飛んだ頭はダンジョンの壁《かべ》に激突《げきとつ》し、鈍《にぶ》い音が洞窟に反響《はんきょう》する。

ルカちゃんは、ショートソードを構え、鎧の関節部を突くように剣《けん》を差し込み、武器の消耗《しょうもう》を抑《おさ》えつつ、手数でダメージを与《あた》えていく。

「ミュウさん！　なんですかこれは⁉」

「多分だけど、モンスターハウス？」

何らかの要因でMOBが一か所に集中して発生したみたいだ。しばらく時間を置けば、階層内に散っただろうから間が悪い。と思う反面、ポジティブに考えるなら――

「敵を探す手間が省ける！　全滅して、経験値の足しになりなさい！　――《フィフス・ブレイカー》！」

私もルカちゃんと同じ方法で取得したアーツを通路一杯《いっぱい》に広がるリビングアーマーに纏《まと》めて放つ。

五連続の剣撃のアーツは、一振《ひとふ》りで一体のリビングアーマーを後ろに弾《はじ》き、互いの距離《きょり》が生まれる。

「まとめて、吹っ飛べ！」

そこに躍《おど》り出たヒノちゃんが、スレッジハンマーを一体のリビングアーマーの脇《わき》にめり込ませ、隣《となり》の鎧も巻き込んで倒す。

「はっ、そこです！」

手足の特定部位へと一定のダメージを与えることで部位破壊《はかい》できるリビングアーマーに

対して、ルカちゃんは武器を持つ腕《うで》の関節部や足関節部を狙いリビングアーマーの攻撃力や機動力を削《そ》ぐ方法で戦っている。

三人が同時に敵を叩《たた》くには少し狭《せま》い場所であるために、私は一度下がり、魔法を使用する。

「はぁ――《ライトシュート》！」

光弾《こうだん》を、前衛の個体の脇から槍を突き出そうとした別個体に当てて、攻撃をキャンセルさせる。

同時に、少しずつ敵からの掠《かす》りダメージが積み重なっていたヒノちゃんとルカちゃんに対して、回復魔法を使用する。

こんなことなら、私とヒノちゃんが受け取った新しい装備を先に着けておけば、もっと楽だったかな。と考えている間に、階段付近のリビングアーマーを全滅させた。

その後は、左の曲がり角から徘徊《はいかい》するリビングアーマーが現れたので、三人の集中攻撃で倒す。

「ねぇ、さっきモンスターハウスって言ったけど、左の部屋からＭＯＢが溢《あふ》れ出てるんだよね」

「それって、左の突き当たりにリビングアーマーが集まってるかもってこと？」

ヒノちゃんが言う通り、左は何もない大部屋になっている。ダンジョンの最奥の宝箱を取るだけなら真っ直《す》ぐに行けばいいが、左側がモンスターハウス状態になっている可能性がある。けど——

「左を様子見して、何もなかったら最奥の宝箱だけ回収。ってのはどう？」

「もしプレイヤーが居た場合は、困っている可能性もありますからね」

ルカちゃんの言葉に、ヒノちゃんも笑顔《えがお》で、わかった、と答え、私たちは左側の通路へと入り込む。

先ほどよりも少ない密度のリビングアーマーは三人の連携によって速攻《そっこう》で処理する。そして、奥の大部屋に近づいていくにつれ剣戟《けんげき》の音が聞こえてくる。

「やっぱり誰かが居るようですね。少しペースを速めますか？」

「賛成！　じゃあ、ボクが切り開くから一気に行こう！」

背に担いでいたスレッジハンマーを左右に振《ふ》り回すヒノちゃんが、進路を塞《ふさ》ぐ鎧たちを吹き飛ばし道を開いていく。ルカちゃんは、追跡《ついせき》の足を止めるため、鎧の脚部《きゃくぶ》を的確に切り裂《さ》き、部位破壊を行う。私は、そんな二人の後ろから光弾を放ち続ける。

「見えたよ！」

大部屋へと飛び込んだ私たちが見たものは、すし詰《づ》めになっているリビングアーマーたち。このダンジョン最下層に出現するほぼ全ての敵と言っても過言ではないだろう。そして、その奥には、部屋の壁を背にして戦うマントを羽織った軽装のプレイヤーが立っていた。

「助太刀《すけだち》します！」

「それじゃあ、行くよ！」

ルカちゃんとヒノちゃんが、壁を背にしているプレイヤーと、交戦していないリビングアーマーに狙いをつけて、次々と倒していく。

別パーティーとのＭＯＢの攻撃による共闘《きょうとう》ペナルティーを避《さ》けつつ、このモンスターハウスの処理にかかる。

私は、光魔法の連射で二人の手が届かない位置のリビングアーマーから処理していく。

「――《ライトシュート》！」

そして、マント姿のプレイヤーに近づく。

「大丈夫《だいじょうぶ》!?」

マント姿のプレイヤーは、部屋の隅に追いやられているが、最小限の動きでかろうじて攻撃を回避《かいひ》し続けていた。武器がリーチの短い短刀なので反撃ができていない。

ジワジワとＨＰが削《けず》られているのを見て、私は回復魔法を使う。

「これでもうちょっと耐《た》えてね！　――《ヒール》！」

「……っ！」

擦《す》れ違《ちが》いで別パーティーに回復を施《ほどこ》す辻《つじ》ヒールをマント姿のプレイヤーに使い、目の前のリビングアーマーを斬り伏《ふ》せる。

マント姿のプレイヤーは私の行動に驚《おどろ》いたのか、目深《まぶか》に被《かぶ》るフードの口元がなにかを言おうとして、言葉が出ずに諦《あきら》めたようだ。

「はぁ――《ショック・インパクト》！」

ルカちゃんは、手前のリビングアーマーに武器を叩きつける。生み出された衝撃《しょうげき》でそのリビングアーマーは後ろのリビングアーマーを巻き込んで倒れるが、その一撃でNPC《ノン・プレイヤー・キャラクター》から購入《こうにゅう》した武器の耐久《たいきゅう》度が限界を超《こ》えて破損してしまう。

「っ！　折れましたね。ですが！　武器がなければ、奪《うば》った物を使えばいい！　はぁ！」

倒した端《はし》からインベントリに収まるリビングアーマーのドロップから最大サイズの大剣を取り出し、両手で振り回すルカちゃん。

「おおっ⁉　パワー系の武器だね！　ボクも負けてられない！　――《インパクト》、《大車輪》！」

スレッジハンマーを振るっていたヒノちゃんは、右手でスレッジハンマー、左手に短く持った長槍を構えて、独楽《こま》のように回転しながら、得物《えもの》を振るう。

全力で振るわれるスレッジハンマーが鎧を凹《へこ》ませ、長槍によって薙《な》ぎ払《はら》われる。

みるみる内に打ち倒されるリビングアーマーたちは、最初に足を踏《ふ》み入れた時に比べて半分以下になっている。

そして、リビングアーマー同士の距離が開き、マント姿のプレイヤーが動き出す。

「おおっ⁉ 速い！」

マントを靡《なび》かせ、リビングアーマーたちの間を駆け抜け、擦れ違いざまに攻撃を加えていく。それも、関節部や留め金にダメージを与え、部位破壊を狙《ねら》った動きだ。時折、的確に突《つ》いた一撃がクリティカルとなり、リビングアーマーを打ち倒していく。

「半分は、あっちの人に任せても大丈夫だよね！ 私たちも残りの敵を片付けよう！」

「わかっ⁉ ——ミュウちゃん、避《よ》けて！」

「へっ？」

私がヒノちゃんの声に振り返ると、目の前に斧《おの》が投げられていた。

片腕《かたうで》を破壊されたリビングアーマーが切り落とされた自身の腕の持つ斧を拾い上げて、ぶん投げてきたのだ。

慌《あわ》てて剣で弾こうとするが、迫《せま》る斧を避けられないと悟《さと》り、せめてクリティカルはないことを祈《いの》る。

「……っ⁉」

瞬間《しゅんかん》、私の目の前で短剣が振るわれる。マント姿のプレイヤーが斧を受け止めたのだ。

だが、武器の重量差で頭部への直撃コースを逸《そ》らし切ることができずに、斧がその肩《かた》に深く刺《さ》さる。

元々、防御《ぼうぎょ》面は弱いために、斧を受けて、ＨＰの大半を失い、膝《ひざ》を突くマント姿のプレイヤー。

「私を庇《かば》って⁉　――《ヒール》！」

私は、慌てて回復魔法を使用する。だが、一回の《ヒール》では完全に回復できず、次のスキル使用可能までの待機時間《ディレイ・タイム》がもどかしい。

「こういう時は、ポーション！」

私は、このダンジョンを訪《おとず》れる前に買ったポーションも使用し、マント姿のプレイヤーへと振り掛ける。

回復魔法一回とポーション一回で斧のダメージは、ほぼ回復できた。

私がマント姿のプレイヤーを回復している間に、ルカちゃんが斧を投げたリビングアーマーを打ち倒《たお》し、ヒノちゃんも残りの敵に追い打ちを掛けていく。

「大丈夫⁉」

「……っ、ぁ」

目深に被ったマントのフードから見える口が小さく動くが、すぐに口が引き結ばれて、頷《うなず》き一つで返される。

俯《うつむ》き気味のマント姿のプレイヤーは、私から離《はな》れて、まだ残っているリビングアーマーを次々と処理していく。

私を庇って受けた斧の一撃は、マントの肩口をざっくりと切り裂き、内側に仕込んでいる布装備が見える。

しばらくして、この部屋に集められたリビングアーマーを全《すべ》て打ち倒すことに成功した。

「予定とは大きく違ったけど、大量のリビングアーマーのドロップゲット！」

「うへぇ。槍《やり》は、ドロップがあるけど、このスレッジハンマーは、もうだめだ。次からは本来の武器の大槌《おおつち》を使おう」

既《すで》にボロボロになっているスレッジハンマーを片付けるヒノちゃん。そして、無言で大剣を素振《すぶ》りしていたルカちゃんが、こちらの視線に気がついて、少し慌てる。

「ルカちゃん、どうしたの？」

「えっ⁉ あっ、その……武器が壊《こわ》れて代わりに取り出した大剣《たいけん》が思いの外《ほか》、手に馴染《なじ》んだので」

そう言って、腰《こし》に、折れた剣の代わりにショートソードを取り出して下げ、大剣をインベントリに仕舞《しま》い込む。

「そんなに馴染んでるの？」

「実を言うと、もう少し小さい方が取り回しやすいように感じました。あの大剣ではダンジョンの通路だとまず扱《あつか》えないので、今は、この剣を代わりに」

そう言って、腰に下げた代わりのショートソードを撫《な》でる。

「そうなると、両手と片手の両方で使える武器かな？」

ルカちゃんは、器用に使いこなすことができるから、私のドロップの中によさそうな武器がないか探したところ、見つけることができた。

騎士《きし》の刀剣【両手／片手剣】
ATK＋10　DEF＋4　追加効果：DEF＋3

特に良くはないけど、悪くもないドロップ装備だ。剣のステータスはドロップには珍《めずら》しい追加効果があるが、惜《お》しくも防御上昇《ぼうぎょじょうしょう》であるために、装備としては中の下の評価だ。

これが【ATK＋3】だったら、もう少し評価は上がる。だが、装備にお金を使えないプレイヤーにとっては、繋《つな》ぎの装備としては十分な性能だ。

「ルカちゃん、これを持ってみて」

「これですか。あの大剣より少し小さいですね」

私から受け取った刀剣を両手で構え、素振りをして、時に片手で振るい、感覚を確かめるルカちゃん。

「露店《ろてん》で見た装備と比べてステータスは低いですけど……これは扱いやすいです」

次からこれを基準に装備を探します、と言って、ルカちゃんは騎士の刀剣をインベントリに仕舞う。

ルカちゃんは、代わりの装備を手に入れ少し嬉《うれ》しそうにしており、ヒノちゃんは、今持っている槍の代わりをインベントリから探しているが、見つからずに少し頬《ほお》を膨《ふく》らませている。

マント姿のプレイヤーが、そんな私たちに気付かれないように大部屋から去ろうとするのを呼び止める。

「待って！」

「……っ!?」

呼び止められたことに驚き、プレイヤーの肩が跳《は》ねる。無口なその人は、未《いま》だに素顔を見せずに、こちらにフードに隠れた顔を向ける。

「その……庇ってくれてありがとう！」

私がそう言うと、その人は会釈《えしゃく》一つだけして、大部屋を出ていった。

「なんか、不思議な人だったね」

「そうですね。それに一言も交《か》わしませんでしたし」

ヒノちゃんの言葉に、ルカちゃんも同意しつつ、マント姿のプレイヤーが去った後の暗い通路を眺めた。

無口キャラやクール系をロールしているプレイヤーだったら無理に言葉を引き出すわけにもいかない。

今回は偶然《ぐうぜん》助けた、助けられた縁《えん》、ってだけでも、このOSOの世界は成り立っている。

「さぁ！　最深部に来たんだからお宝手に入れてお金の足しにしないと！」

私が力強く本来の目的を口にして、ダンジョンの奥を目指す。

「あ、あああああっ――！　お宝がぁ！」

そして、すぐに辿《たど》り着いた最深部で大きな声を上げる。

「ない、ない、ない！　宝箱の中身がない！」

「えっと……多分さっきの人に先を越《こ》されてしまいましたね」

ルカちゃんが困ったように微笑《ほほえ》めば、ヒノちゃんは、仕方がないねー、と諦《あきら》める。

そうだ、ゲームは時に協力し合い、時に競《きそ》い合うもの。

今回は、マント姿のプレイヤーとモンスターハウスのモンスター駆除《くじょ》を協力して行ったが、本来は宝箱を求めて競い合うライバルだ。

「どうする、ミュウちゃん。再出現するまで最下層で出てくるリビングアーマーを倒して回る？」

落胆《らくたん》する私に声を掛《か》けるヒノちゃん。

「う、ううっ……仕方がないから帰ろう」

MOBよりも再出現する時間が長い宝箱を待っているのは非効率的だから、今回は諦めよう。

「ミュウさん、大丈夫《だいじょうぶ》ですよ。一応防具を買うだけのお金は確保しているんですから」

「でも、悔《くや》しい！」

私は、未練たらたらのままこの小規模なダンジョンを後にする。

ダンジョンから戻《もど》った後は、一度マギさんのお店である【オープン・セサミ】に立ち寄り、手に入れたリビングアーマーのドロップ装備を売り払う。

マギさんは、奥の工房《こうぼう》で作業中らしく、男性NPCが代わりに装備を買い取ってくれた。

買い取りをしてくれている間、私たちがお店に飾《かざ》られていた装備を眺《なが》めていたら、ルカちゃんが数打ち物の樽《たる》の中に入れられた剣の中から一本の片手剣を見つけた。

「ううっ、これは、あの露店にあった片手剣と同じもの！　欲《ほ》しいです」

「防具買うお金なくなるでしょ」

むむっ、と眉《まゆ》を八の字にして悩《なや》むルカちゃんは、最後には諦めて樽に剣を戻していく。

ただ、ここの人に是非《ぜひ》とも武器を作って貰《もら》いたいです、という小さな呟《つぶや》きは耳に入ってきた。

今度、マギさんに会った時にルカちゃんのことを相談しよう、と心の中に記憶《きおく》しておく。

●

「さぁ、やってきました！　防具を売っているお店！」

ジャーン、と私とヒノちゃんが手を広げて、ルカちゃんを案内する先には、一軒《いっけん》のお店がある。

いたって普通《ふつう》な洋服店だが、入り口では想像できないほどに中はかなり広くなっている。

奥に行けば、暑苦しい鎧《よろい》系装備が飾られ、他《ほか》にも少しは武器も用意されているが、基本的には防具専門のお店だ。

「あの……ここはどういったお店でしょうか？」

「ここはね。装備を集めて、代わりに売っているお店なんだよ！」

ヒノちゃんが大雑把《おおざっぱ》に答えるので私がより詳《くわ》しく答えることにする。

「生産職の人たちは、装備を作って、売るじゃない？　その売り場所は、表通りの露店だったり、個人で構えたお店だったりするんだけど、お店や露店を持つのが面倒《めんどう》な人は、こういったお店に作ったものを預けて、売れた分からお金を貰っているんだ」

一言で言えば、防具の委《い》託販売《たくはんばい》のお店というわけだ。

「ここでルカちゃん好みの防具を見つけて、購入《こうにゅう》。その後は、作った生産職を紹介《しょうかい》して貰って、装備のグレードアップを依頼《いらい》するの！」

と、いうことでお邪魔《じゃま》しまーす、とお店の中に入っていく。

「あら、いらっしゃい。可愛《かわい》いお客さんね」

このお店の店主のプレイヤーさんが私たちを出迎《でむか》えてくれる。

「ミミミ、ミュウさん！　こ、この人は⁉」

濃《こ》い顔立ちに角刈《かくが》り。気《け》だるそうな目元が特徴《とくちょう》で……

「何ですか！　あの物凄《ものすご》く太くて筋肉質な二の腕《うで》と頑丈《がんじよう》そうな体でしなを作っている人は！」

「あら、失礼ね。これでもみんなには慕《した》われているのよ」

「あははは、従わせているの間違《まちが》いじゃないの」

ヒノちゃんの笑顔《えがお》のツッコミに、あら、強烈《きようれつ》ね、と笑顔で応《こた》える長身オネエ系。初めて見る人には恐怖《きようふ》かもしれないけど、かなりの人格者なのだ。

「この人は、こう見えてもβ版からの古参プレイヤーのキティさん」

「別名、鬼体《きてい》さんです。素手《すで》でゴブリンの体を振《ふ》り回したから付いた渾名《あだな》です」

「いやーん。そんな昔のことは出さないでよ。今は、悪餓《が》鬼《き》相手に関節技《わざ》を極《き》めるだけよ」

くねくねしているキティさんに対して、ルカちゃんが顔を引き攣《つ》らせている。

キティさんは、リアルオネエ系な人だが、キャラエディットで性別を偽《いつわ》れないために男性的な補正を受けてこんな感じになっている。

普通なら悲観するべきことなのだが、これはネタキャラ的な感じで面白《おもしろ》いと、本人はポジティブに捉《とら》えている。

ちなみに、時折オネエ系だと馬鹿《ばか》にするプレイヤーに対しては、野太い声で叫《さけ》びながら地の果てまでも追いかけ回すため、一部では恐怖の代名詞にもなっている。なお、セクハラ行為《こうい》はしない紳士《しんし》な方だ。

「キティさんは、ホントにいい人だよ。アイテムやＭＯＢの情報集めを率先《そっせん》して手伝ってくれるし」

「前に、ボクが入った野良パーティーでのトラブルの仲裁《ちゅうさい》とかもしてくれた凄《すご》い人だよ！」

私たちが、どれだけキティさんが人格者か、を伝えるが、ルカちゃんは最初のインパクトが大き過ぎるのか、未だに表情を引き攣らせたままだ。

「今日は、その子の装備を買いに来たのでしょう？　自由に選ぶといいわ」

「「ありがとうございます！」」

「あなたたちも防具を買うの？」

「いえ、私たちは、もう買っちゃったから」

「ボクたちは、自由に試着できたらいいかな？」

自分たちのメインとなる装備を身に着けるのに不満はないが、女の子としてはファッションとしての装備も楽しみたい。だから、こういう場で自由に着替《きが》えを楽しんだりする。

「なら、存分に楽しむといいわ。女の子は着飾《きかざ》るものだからね」

キティさんは、ウィンク一つ残してお店の奥へと戻っていく。

「えっと、なんとも濃い人ですね」

ルカちゃんは、僅《わず》かな接触《せっしょく》でも疲《つか》れたように溜息《ためいき》を吐《は》き出す。

「それじゃあ、奥でルカちゃんの好きな装備を探そうか！」

「そうでした。忘れてました」

あまりのインパクトで本来の目的を忘れるところだったらしいルカちゃんを、私とヒノちゃんが奥へと案内する。

「ここの防具を試《ため》しに着てみて、好きな装備を選ぶんだよ」

案内した先には、ずらりと並ぶ防具の数々。生産職が作り上げた渾身《こんしん》の作品から部分だけの装備、全力でネタに走った装備など色々ある。

「わかりました。けど、装備する前にこれを外さなければいけませんね」

そう言って、メニューを操作するルカちゃんが防具の革鎧《かわよろい》を外すことで、中に収まっていたもののサイズがよくわかるようになった。

「ほ、ほわぁぁっ……」

「想像していたより、大きい」

私とヒノちゃんが想像していたよりもおっぱいが大きかった。いっそ、あんな硬《かた》い革鎧に押さえられていたのに苦しくなかったのか、と思う大きさだ。

そっと、私は自分の胸に手を当ててみる。うん、まだ成長期だから望みはある……はずだ。セイお姉ちゃんほどじゃないけど成長したい！

「ミュウさんとヒノさんもよさそうな防具を選んでいただけますか？」

「わかったよ。いこう、ミュウちゃん」

ヒノちゃんは、胸を気にしている様子はないが、私はちょっと気になる。そんな私の心中を知らずに、ヒノちゃんはルカちゃんと一緒《いっしょ》に似合いそうな装備を探し始める。

そして、互《たが》いに色々な防具を手に取っては、自分やルカちゃんに似合うデザインを探していく。

「ルカちゃん。ルカちゃんの好みの色って何？」

「好みの色ですか？　そうですね、赤系ですかね」

一度選ぶ手を止めて、ヒノちゃんの方を向いて質問に対して応《こた》えてくれる。そんな無防備な後ろ姿を見せられると、むくむくと悪戯《いたずら》心が湧《わ》いてくる。

そろり、そろりとルカちゃんの背後に忍《しの》び寄《よ》り――

「やっぱり戦士系の装備？」

「そうですね。それひゃっ――！」

「おおっ！　やっぱり、形がすごくいい」

「んっ⁉　ミュウさん、なにしているんですか！」

顔を真っ赤にして体を捩《よじ》るルカちゃんだが、背後から抱《だ》き付くようにしておっぱいを揉《も》んで確かめている私は、中々離《はな》れない。

「いや、スキンシップ？　これは、いいおっぱいですね」

これは、羨《うらや》ましい。と思っていると、手を振りほどかれてしまう。ああ、もう少し楽しみたかったのに。

「なんでそんな残念そうな顔してるんですか！　あと、ヒノさんも助けてくださいよ！」

「いや、ミュウちゃんの気持ちも少しはわかるんだよね。ほら、ボクたちって」

ヒノちゃんと一緒に自分の胸元《むなもと》を見ると、多少の起伏《きふく》はあるけど、でも小さいのだ。

「この胸だと大人っぽい装備って似合わないから憧《あこが》れるんだよね」

「そうだね。私も子どもっぽいって言われる」

互いに、はぁと重い溜息を吐《つ》く。やっぱり、色々と似合う服を着られた方がもっと楽しいんだろうけどね。

そうして、ルカちゃんに似合う防具を探すのだが――

「うーん。中々決まらないね」

「って言っても見たのは全体のほんの一部ですけどね」

真剣《しんけん》に選んでいるがルカちゃんの装備が中々決まらない。ルカちゃんは苦手としているようだが、ここはキティさんの目利《めき》きに頼《たよ》るのも一つの手かも。と思い始めたところでお店の入り口でキティさんが誰《だれ》かと話しているらしいのに気がついた。

「可愛いんだから、マントなんて脱《ぬ》いで可愛い服でも着てみればいいんじゃないかしら」

「っ⁉ ……無理です」

掠《かす》れた声は、女の子の声らしい。私は結構、可愛い声に興味が湧く。

「もっと自信を持てばいいのにね」

「……私は、可愛くない、ですから」

入り口のカウンター越しに顔を俯《うつむ》かせているらしい相手を試着室のある奥からこっそり覗《のぞ》き見ると、全身をすっぽりと覆《おお》うマント姿のプレイヤーだった。そして、その肩《かた》から斜《なな》めに入る切れ込みは、見覚えがある。

「あ、ああああっ！　ダンジョンに居た人！」

「……っ⁉」

びくっと体を硬直《こうちょく》させた衝撃《しょうげき》でマントのフードがずり落ちて、素顔が晒《さら》される。紫色《むらさきいろ》の髪《かみ》をした女の子だ。驚《おどろ》きに見開かれた瞳《ひとみ》は、澄《す》んだ海色で綺麗《きれい》な印象を与《あた》える。

「あら、ミュウちゃんの知り合い？」

「ついさっき、助けて貰《もら》いました」

はっきりと伝えると「あらそうなの。世の中、広いようで狭《せま》いのね」と頰《ほお》に手を当ててそう呟《つぶや》くキティさん。

私の様子を見に来たルカちゃんとヒノちゃんも、ダンジョンで会ったソロプレイヤーだと認識《にんしき》して驚く。

「この子は、言葉を慎重《しんちょう》に選びすぎちゃう癖《くせ》があって、中々人を誘《さそ》ってパーティー組めないでいたのよ」

ほら、自己紹介。と背中を押された女の子は、一歩前に出て恥《は》ずかしさに顔を赤らめながらゆっくりとした口調で自己紹介を始める。

「……はじめまして、トウトビです」

「私は、ミュウだよ！」

「ルカートです」

「ボクは、ヒノ。よろしくね！」

恥ずかしそうにしているが、自己紹介するトウトビちゃん。

「あら、ミュウちゃんたちは大丈夫《だいじょうぶ》そうね。それじゃあ、人付き合いの練習にこの子の防具でも選んであげてね」

「……えっ、それって」

キティさんの提案にトウトビちゃんが狼狽《うろた》えるが、私は構わずトウトビちゃんの両手を摑《つか》む。

「それじゃあ、選ぼうか！　奥に行こう！」

「……えっ、あ、えっ」

私は、トウトビちゃんの手を引いて、試着室の前まで戻《もど》って来る。

「それじゃあ、どんな防具が好みなのかな？　重量系と軽量系の装備のどっちにする予定？」

「……えっ、あっ」

「ミュウちゃん、落ち着く」

矢継《やつ》ぎ早《ばや》に質問する私を遮《さえぎ》るように、ヒノちゃんがストップを掛《か》ける。

「ほら、トウトビさんが混乱しています。質問は一つずつにしましょう」

「あははは、ごめんね」

「……いえ」

ヒノちゃんとルカちゃんが止めてくれたために、トウトビちゃんは安堵《あんど》の吐《と》息《いき》を吐き出して、微苦笑《びくしょう》を浮《う》かべる。

「それじゃあ——そうだ。まずマントを脱がないと選びようがないかも」

本人のプレイスタイルも大事だが、体型によって似合う装備も変わってくる。

「……脱がなきゃ、駄目《だめ》ですか？」

恥ずかしそうにしているが、私たちの視線を受けて、体を縮こまらせてる。そして、視線に耐《た》えきれなくなって、そっとマントを外すと——

「やっぱり、大きいね。ボクより断然」

「また、負けた」

マントに隠されたおっぱいは、ルカちゃんと同じくらいだろう。

本日二度目の敗北に悔《くや》しさを覚える。

「むぅ、羨ましい」

「……えっと、すみません」

「自慢《じまん》かぁ！　ええい、触《さわ》っちゃえ！」

「……っ!?」

私が正面からトウトビちゃんのおっぱいへと手を伸《の》ばすと、反射的にトウトビちゃんの手に払《はら》われた。

言葉にしたと言っても十分に不意打ちだったものに完璧《かんぺき》に対応してみせたトウトビちゃん。

私も負けてられないと、再度攻勢《こうせい》を掛けるが、ことごとくその手に弾《はじ》かれてしまう。

正面から見たトウトビちゃんの目は、すっと細められており、恥ずかしがってることなど微塵《みじん》も感じさせない。まるで戦闘《せんとう》のスイッチが入ったようだ。

（なるほど。戦闘中と通常時で切り替《か》えができるタイプか）

と内心で評価しながら、尚《なお》も私も負けていられないと、フェイントや速攻の緩急《かんきゅう》を織り交ぜながら、攻《せ》め手を緩《ゆる》めない。

トウトビちゃんは、今までのソロプレイの弊害《へいがい》か、対人戦の技術がないらしく、すぐに私のフェイントに引っ掛かり、私はそのおっぱいを正面から掴むことができた。

「おおっ⁉ ルカちゃんより一回り大きいかも――」「何やっているんですか！」

私が触《ふ》れたのは数秒にも満たない間だが、すぐにルカちゃんに引き剝《は》がされてしまった。

「ミユウさん、いきなりでトウトビさんがビックリしていますよ！」

「大丈夫？　もう、ミユウちゃんは自由過ぎるんだから」

ルカちゃんとヒノちゃんに怒《おこ》られて、ごめんね、と謝るが、ルカちゃんはジト目を向けてくる。もう、やらないのに。

「それじゃあ、お詫《わ》びに私の胸を触ってみる？　ルカちゃんも触っていいよ」

「なんでそうなるんですか――「……その、失礼します」――って、トウトビさん、触るんですか!?」

さっきから面白《おもしろ》いように表情をころころ変えるルカちゃんと、そっと反《そ》らした私のおっぱいにソフトタッチするトウトビちゃん。

「……慎《つつ》ましい胸ですね」

「ううっ、成長期だもん！　まだ大きくなるよ！」

「……なんだか、友達との会話みたいで楽しいです」

「なに言ってるの？　私とトビちゃんはもう友達だよ」

私の言葉に、トウトビちゃんがきょとんとした顔で言葉の意味を考えている。そして、疑問を返される。

「……トビちゃん？」

「そう！　トウトビだから、トビちゃん。彼女は、ルカートだから、ルカちゃん！」

もしかして、トビちゃんは嫌《いや》だった？　と小首を傾《かし》げて見上げると、今まで硬《かた》かった表情が緩み嬉《うれ》しそうに口元が上がっている。

「……初めての愛称《あいしょう》で嬉しいです」

ふわっ、と柔《やわ》らかい笑《え》みを作るトビちゃんに、私は思わず抱き付いてしまった。

「トビちゃん、可愛《かわい》いよ！　絶対に笑ってた方が似合うって！」

「……そんな、私なんて、可愛くないです」

可愛いと言われ慣れていないのか、あたふたしているトビちゃん。こうなったら、誰が見ても可愛いと思わせる装備を選ばないと！

「ルカちゃん！　ヒノちゃん！　トビちゃんに似合う防具を探そう！」と、いうことで。

大人っぽいルカちゃんとトビちゃんに似合う装備を選んだ結果――」

「何ですか⁉　その装備は！」

「……ううっ、それは恥ずかしい」

ドン、とヒノちゃんが選び取った装備を前に、赤面するルカちゃんとトビちゃん。

ルカちゃんに差し出された防具は、いわゆるビキニアーマーの類《たぐい》だ。

赤に塗《ぬ》られたそれは、女の子としての重要な部分だけを隠して、他は大胆《だいたん》に露出《ろしゅつ》した、女剣士スタイル。

そして、トビちゃんに差し出された防具は、黒いバニーガールだ。網《あみ》タイツとうさ耳のカチューシャと小さな蝶《ちょう》ネクタイの遊び人スタイル。

どちらも露出度が非常に高い装備は、もはやネタ扱《あつか》いだ。

「こんな装備恥ずかしくて着られませんよ！」

「じゃあ、マントも追加で」

「なんか、逆にエロいね！　ヒノちゃん！」

「ですから、着ませんって！」

ノリノリで取り出したビキニアーマーにヒノちゃんが黒マントを追加しようとして、再度ルカちゃんから強い否定が来る。

トビちゃんは、見せられた防具に対して恥ずかしそうにしながらも、ガン見している。

でも、この某《ぼう》ドラゴンなＲＰＧの戦士を彷彿《ほうふつ》とさせる装備を見ると、自分も同じような装備を選びたくなる。

「ルカちゃんがそれなら、私はこれとこれかな？」

そうして選び取った二種類の装備を、私は自分の前に掲《かか》げる。

一つは王道の主人公装備。青い宝珠《ほうじゅ》のサークレットに黄色のタイツと青のワンピース。

そして剣と盾《たて》を装備する勇者スタイル。

もう一つは、青と黄色を基調とし、オレンジ色の全身タイツに十字の刺繍《ししゅう》が大きく施《ほどこ》された貫頭衣《かんとうい》と帽子《ぼうし》の僧侶《そうりょ》スタイル。

「おおっ！　パーティーコスプレ!?　なら、ボクはこれかな！」

そう言ってヒノちゃんが選び取るのは、格闘家《かくとうか》の装備だ。龍《りゅう》の文字が刺繍された緑色の胴着《どうぎ》は、僧侶の貫頭衣と似ているが、腰回《こしまわ》りに布を巻いてベルト代わりにしている。

「ヒノちゃんは、それを選ぶんだね！　これはこれで楽しそう！」

「嫌です！　一人だけ恥《は》ずかしいです！」

強く否定したルカちゃんは、ぷぃ、と頬を膨《ふく》らませてビキニアーマーをもとの場所に戻して、自分の好みの装備を探していく。

トビちゃんもずっと集中して見ていたバニーガール衣装《いしょう》を、慌《あわ》てて片付けて別の防具を探し始める。

「ちょっと遊び過ぎちゃった。ごめんね」

私は、片手でルカちゃんに謝る。

「知りません、もう……」

可愛く怒るルカちゃんに、もう一度ごめんね、と謝りながら今度は真面目《まじめ》に二人に似合う装備を探していく。

ルカちゃんは、赤で戦士系。トビちゃんは、黒に近い暗色系が似合うかな、と次々と防具を手に取っていくが、中々二人のイメージに合った装備を見つけることができない。

その一方で、ルカちゃんとトビちゃんは、互《たが》いに一つの防具を手に取り、掲げあっている。

「これなんて、トウトビさんには似合いそうですよ」

「……ルカートには、こっちが良さそう」

ルカちゃんの掲げる防具は、洋風暗殺者のような装備だ。上下一体の全身にフィットするタイツ仕様の装備と真紅《しんく》のマフラーは、ノースリーブで脇《わき》がちらっと見えそうな少し大胆な暗色系の装備だ。

トビちゃんの掲げる防具は、赤と黒を基調とした軽鎧《けいがい》だ。胸の形に合わせて作られたチェストプレートが胸を守りつつもその形のよさを強調し、短いスカートから見える白い生足がまた色っぽいデザイン。

どちらもネタ装備ではないけれど、ドキッとしてしまう装備。

「いいじゃん！　二人とも試着してみようよ！」

「ボクも見てみたいな。二人のその姿」

「まぁ、試着くらいならやりますけど、似合うでしょうか？」

「……ちょっと、見られるの恥ずかしいんで、更衣室《こうい》に行きましょう」

互いが手に取った装備を交換《こうかん》し、設置されている更衣室の中に入っていく。

少しして二人とも、更衣室の鏡で自分の姿を確かめているのか、少し恥ずかしそうな声が聞こえてくる。

「ルカちゃん、トビちゃん。もういい？」

「もう少し、心の準備を……」

「待たない！」

私とヒノちゃんが二人の更衣室のカーテンを開ける。

更衣室の中には、白い手足を晒《さら》したルカちゃんとトビちゃんが居る。

ルカちゃんはスタイルがいいから、心の準備と言いつつも、しっかりと着こなしている。

凛《りん》とした立ち姿で短めのスカートを気にしながら、こちらにその姿を見せてくる。

「その、どうですか？」

「凄《すご》い、似合ってるよ！　なんか、こう、剣を持って――『全軍突撃《とつげき》！』とか言いそう！」

「あっ、それはやってみたいですね」

改めて、鏡で自分の姿を確かめるルカちゃんだが、その素足《すあし》や無防備な腕《うで》を見て、少し残念そうな顔をする。

「同じ生産職に腕部《わんぶ》と脚部《きゃくぶ》防具は追加注文ですかね」

少し照れくさそうに笑うルカちゃん。

それに対して、トビちゃんは、更衣室の隅《すみ》に小さく縮こまっている。

前髪《まえがみ》を下ろした暗鬱《あんうつ》な感じはアサシンっぽいが、マフラーを首に巻いて、口元を隠《かく》している姿を見ると、暗殺者というよりは、小動物のほうがしっくりくる。

「ほら、トビちゃんも、立った立った」

私とヒノちゃんの二人掛《が》かりで立たされたトビちゃんは、ルカちゃんと対面する。

「とても可愛くなって、ビックリしました。似合ってますよ」

「……ルカートも、綺麗《きれい》です」

恥ずかしそうに俯《うつむ》くトビちゃん。

ルカちゃん共々、自分の装備が気に入った様子だ。

「それじゃあ、私たちも装備を替える？」

「そうだね。ボクも自分の装備を身に着けたくなったよ」

私は、ヒノちゃんと共にその場で装備を切り替える。

今まで使っていた布の服と革鎧から、マギさんの作り上げた白銀色の鎧を身に纏《まと》う。

ヒノちゃんは、レザージャケットに胸当て、青いティアラ。小柄《こがら》で華奢《きゃしゃ》な体に不釣《ふつ》り合いな右腕のガントレットという姿に変わる。

「ジャーン！　どうかな。ボクたちの姿は！」

「これが、β版での私たちの姿なんだよ！」

そう言って、ない胸を反らして言えば、二人とも微笑《ほほえ》んでいる。

「二人とも似合ってますよ」

ルカちゃんが褒《ほ》めてくれて、その隣《となり》でトビちゃんがうんうんと何度も首を縦に振《ふ》っている。

「ありがとう、二人とも！　それじゃあ、キティさん！　装備のお買い上げ！」

「はーい、今値段見るわね。——あらあら、随分《ずいぶん》可愛らしいパーティーになっちゃって」

こちらを覗《のぞ》いてきたオネエ系巨漢《きよかん》は、嬉しそうに微笑んで私たちの姿を見ている。

「……わ、私は、可愛くないです」

「もう、そんなこと言うトビちゃんには、こうだよ！」

私は、近くの棚《たな》にあったアクセサリーの髪留《かみど》めを見つけて、その一つを手に取る。

有無《うむ》を言わさず、三日月形の髪留めでトビちゃんの前髪を留めてあげる。たったこれだけで印象ががらりと変わる。

「ほら、可愛くなった！　やっぱり、前髪で隠すよりも断然よくなっているよ」

姿見に映るトビちゃんは、自分は可愛くない、という言葉を飲み込んでいた。

ぐっと、拳《こぶし》を握《にぎ》りしめたトビちゃんは振り返り、私たちの顔を真剣《しんけん》な表情で見つめる。

「……あの、私とパーティーを組んでください！」

「うん。いいよ！」

トビちゃんが、今までパーティーを上手《うま》く組めなかったことはキティさんから聞いたし、勇気を持って頼《たの》んできたことがわかる。それに、断る理由もない。

「私もいいと思いますよ。トウトビさんと一緒《いっしょ》に冒険《ぼうけん》したいです」

「ボクはもう、新しいパーティーメンバーだと思ってたよ」

あまりに自然過ぎて、言われるまで気がつかなかった、と笑うヒノちゃん。

「と、いうことで、新パーティーメンバーのトビちゃんと新しい装備を加えて、冒険に出るぞ！」

おー、と私とヒノちゃんが拳を突《つ》き上げ、ルカちゃんが苦笑《くしょう》している。トビちゃんは私たちのテンションに釣《つ》られて恥ずかしそうに弱々しく拳を突き上げている。

「と、いうことでお会計お願いします。キティさん！」

「あらら、目出度《めでた》い場面に出会えたから、トウトビちゃんの三日月の髪飾《かみかざ》りは、オマケしてあげるわ」

ルカちゃんの防具、ジェネラル・ルージュの三か所装備は、18万G。

トビちゃんの防具は、アサシンスーツの【アサシノイド】とマフラーの【インヴィジブル】の合計15万G。

二人が購入《こうにゅう》した装備を作った生産職の連絡《れんらく》先も教えて貰《もら》い、お店の外に出る。

「トウトビさんが加わりましたけど、この後どこに行きますか？」

ルカちゃんの疑問に私は前々から行きたかったクエストの一つを提案する。

「はい！　――女性限定のクエスト【クリス洞窟《どうくつ》の内部調査】に行き――」「却下《きやつか》！」ヒノちゃん酷《ひど》い！」

早速《さつそく》の却下を受けて撃沈《げきちん》した私に代わり、ヒノちゃんが、わからないという顔をするルカちゃんとトビちゃんに説明する。

女性限定の二人組でのクエストで、出現するＭＯＢがムカデと聞いて、二人とも全力で首を横に振る。

「クエスト報酬《ほうしゆう》も美味《おい》しくないのに虫とか見たくないよ、ボクは」

自分の小さい体《だ》を抱きしめるヒノちゃんに、これは駄目《だめ》だな、と思い諦《あきら》める。

「それでは、普通《ふつう》に近場の敵を倒《たお》して、パーティーの連携《れんけい》の精度を上げながら、徐々《じよじよ》に難易度の高い相手に挑《いど》む、というのはどうでしょうか」

ルカちゃんの提案に、全員が賛成する。

「それじゃあ、改めて、よろしくね。トビちゃん！」

「……はい、よろしくお願いします」

朗《ほが》らかな声と笑《え》みで答えるトビちゃんと共に私たちは、人通りのある道を通り、楽しいおしゃべりをしながら、冒険へと出かけるのだった。

四話　コハクとリレイ

小鳥の囀《さえず》りが聞こえてきそうな静かな森の中。その中に切り開かれた広場の中心には、鋭《するど》い鱗《うろこ》を持つ巨大《きょだい》な蜥蜴《とかげ》が尻尾《しっぽ》を抱《かか》えるようにして目を閉じている。

周囲に隠《かく》れる場所がない中で、私たちは、一斉《いっせい》に跳《と》びかかる。

「これでも、喰《く》らええぇっ！」

一番に跳びかかって振《ふ》るう私の斬撃《ざんげき》に対して巨大な蜥蜴――ブレードリザードは地面を転がるようにして避《よ》けて、パーティーメンバーへと反撃を始める。

「ミュウちゃん！　最近前に出てないからって張り切り過ぎ！」

私への心配を口にしつつも、その手に握る大槌《おおつち》を油断なく構えるヒノちゃんは、迫《せま》って来るブレードリザードの頭めがけて思いっきり横に振り抜《ぬ》く。

「グギャッ――!?」

側頭部に重い一撃を受けながらも耐《た》えるだけの耐久力《たいきゅう》を持つブレードリザードは、ボスMOBに相応《ふさわ》しい。

「次は、ルカちゃんの方に行ったよ！」

「トビさん！　合わせてください！」

「……わかりました」

新調した真紅《しんく》の防具に身を包み、片手剣《けん》と盾《たて》を装備したルカちゃんが、突進《とっしん》してくるブレードリザードに合わせて盾を突き出す。

「――っ！　たぁぁっ！」

ブレードリザードの体当たりで体全体が地面に押し込まれたルカちゃんは、続く尻尾の振り回しを盾で受け流す。

初心者には対処の難しいブレードリザードの連撃に対して、ルカちゃんは気合いを込《こ》めた斬撃を放ち、それに合わせてトビちゃんが一瞬《いっしゅん》の内に近づき、鱗の隙間《すきま》を狙い定めて短剣の突きを放つ。

ブレードリザードが追撃を阻止《そし》するために体の鱗を逆立てて、地面を左右に転がるようにして、こちらから距離《きょり》を取る。

その間に私たちは、新たな連携について確認《かくにん》する。

「どう、ルカちゃん？　新しく取った【盾】センスの感じは？」

「うーん。少し思っていたのと違《ちが》いますね。けど、今の武器だと持った時のバランスがちようどいいのでもう少し使ってみたいと思います」

「それより、ミュウちゃんこそどうなの？　初撃を外すなんて。ボクはそっちの方が気になるよ」

「……気になります」

「あはは……やっぱり、気づいちゃう？」

逆に指摘《してき》してくるヒノちゃんと、うんうん、と頷《うなず》く新たにパーティーに加入したトビちゃん。

昨日までは普通に四人でパーティーを組んで連携ができていた。ビッグボアなどの適正レベル帯の雑魚《ざこ》ＭＯＢを相手にして、今日はボスＭＯＢのブレードリザードを倒す予定だった。

「いや……実は、昨日の夜にブレードリザードの単独撃破に成功してね」

「ミュウちゃん。また一人で先走って」

ヒノちゃんが呆《あき》れたように呟《つぶや》く。

その間に、警戒《けいかい》して転がっていたブレードリザードが復活し、四肢《しし》を突っ張らせてこちらへと突進の構えを取っている。

「ミュウさん！　ちゃんと後で話して貰いますからね！」

「わかってるよ！　それじゃあ、頑張《がんば》って残りのHPを削《けず》ろうか！」

ルカちゃんに言われた私は片手剣を構え直して、ブレードリザードの右側へと回り込む。

ルカちゃんは、ブレードリザードの正面に立ち、ヒノちゃんが左側、トビちゃんは、どこにでもサポートに入れるように遊撃のような立ち位置にいる。

今回のブレードリザード討伐《とうばつ》は、それぞれが本来想定しているパーティーの役割をこなしてボスに通用するかの試金石になっている。

ルカちゃんだけは本来の戦い方ではないが、【盾】センスを利用して、剣での受け流しや回避《かいひ》のタイミングを安全に摑《つか》む練習をしている。盾や剣は、リビングアーマーを倒したドロップの中で使えそうな物を残してあるし、足りなければまた倒して回収すれば良い。

そんな感じで、前衛三人と遊撃一人の超《ちょう》物理寄りのパーティーになっている。

「最近、パーティーだと後衛ばっかりだから、ガンガン行くよ！」

「じゃあ、ミユウちゃんが戦えるようにボクもきっちり攻撃《こうげき》するね！」

私がブレードリザードに向かって駆《か》けるのに合わせて、ヒノちゃんも大槌を肩《かた》に担《かつ》いだまま駆け出す。

私の接近を感じ取ったブレードリザードは、その体を捻《ひね》るようにして鋭い鱗を逆立てた尻尾を振り回す。その攻撃の初動を感じ取った瞬間《しゅんかん》、私は踵《かかと》で地面を抉《えぐ》るようにして速度を落として上体を反《そ》らす。

目の前で振り抜かれるブレードリザードの尻尾が巻き起こす風圧を肌《はだ》で感じるも、回避に成功する。

β《ベータ》版の時から何度も体験し、最近は寝《ね》る前に何度も挑戦《ちょうせん》してきたブレードリザードの攻撃パターン。それを紙一重《かみひとえ》で回避して、一歩踏《ふ》み込む。

単独撃破では、ここで軽い攻撃を二度当てて逃《に》げるのがセオリーなのだが、今は踏み込む。

「やらせはしないよ！　はぁっ！」

左側から攻《せ》めていたヒノちゃんの一撃がブレードリザードの脇《わき》に叩《たた》き込まれ一瞬だけ動きが止まる。

「はぁ――《フィフス・ブレイカー》！」

一人ではできない動きもパーティーの連携の中でならできる。一人の攻撃から始まる連携攻撃が敵の動きを止めてアーツを放つ隙《すき》を生み出す。

「私も行きます。――《ショック・インパクト》！」

五連撃のアーツを放って大きなダメージを与《あた》えた後の隙ができる。だが、その隙を突いた敵の反撃を阻止するように強烈《きょうれつ》な一撃をルカちゃんが重ね、動きの止まったブレードリザードに対してトビちゃんが短剣の連続突きを放ち、再行動までの時間を遅《おく》らせる。

そして、私とルカちゃんは、アーツ直後の硬直《こうちょく》時間から解放され――

「――回避！」

司令塔《しれいとう》のルカちゃんが一言発すると同時に、全員が、反撃を行おうと体を回すブレードリザードの尻尾による大回転の一撃を回避する。

私たちのパーティーは一人がヘイトを集めるのではなく、全員が回避メインの戦い方だ。パーティーの誰かが敵のヘイト値を集中的に引き付けるのではなく、いわば、全員攻撃で全員が引き付ける囮《おとり》役という回避重視の戦法。それによって今敵のターゲットになったのは――

「あはっ、私か！」

思わず、嬉《うれ》しくて笑い声が零《こぼ》れてしまった。

「ルカちゃんたちはタイミング合わせてよ！」

「わかりました！　攻撃には当たらないでくださいね！」

ルカちゃんに一斉《いっせい》攻撃のタイミングを合わせるように伝えれば、逆に攻撃を受けないよう心配されてしまった。一応、回避重視な戦い方でも一撃で倒されるようなステータスやレベル調整はしていない。また、状態異常《バッドステータス》なども敵ＭＯＢに合わせて考慮《こうりょ》してある。あとは、回避によるスリルを楽しみつつ敵をこちらの戦いに引き込むだけだ！

「さあさあ、こっちこっち！」

私の方へと突撃してくるブレードリザードを誘《さそ》い込むように付かず離《はな》れずの距離を誘導《ゆうどう》する。振るわれる爪《つめ》や尻尾による変則攻撃、ギザギザの牙《きば》による噛《か》み付き攻撃を避けて、目当てのポイントに近づいたら、私はブレードリザードに背を向けて全力で駆け出す。

『SYURAAA――――』

私の突然の行動にこちらの背に向けて突進をして来るブレードリザード。だが私は、地面を強く蹴《け》って広場の外周に広がる木の中の一本の幹《みき》を垂直に駆け上がる。

その木の上に登った私を追い掛《か》けようと木に前脚《まえあし》を掛けて登ろうとするブレードリザード。器用に後ろ足と尻尾を使って、巨大なトカゲの体で木の幹に寄りかかるようにして、私のいるところまで前脚を届かせる。

「残念でした！　じゃあね」

私は、木の幹を蹴って、空中へと飛び出す。ブレードリザードの鉤爪《かぎづめ》のすぐ横をバク宙で通り過ぎる。

「――《ライトシュート》！」

置き土産《みやげ》として、バク宙ついでに光弾《こうだん》をブレードリザードの背中にぶつける。

背中へのダメージ。それだけでは攻撃は終わらない。

「ミュウちゃん、ナイス囮！　――《スマッシュ》！」

ヒノちゃんの大槌による強烈な一撃がブレードリザードの背に叩き込まれ、ブレードリザードは大槌と木の幹との間に挟《はさ》まれて、気絶状態に陥《おちい》る。

「何ですか、今の動きは⁉　気になりますが、今は一気に畳《たた》みかけます。――《フィフス・ブレイカー》！」

「――《バックスタブ》！」

ルカちゃんは、ブレードリザードが立ち上がるために体を支える左足と尻尾《しっぽ》を連続で斬《き》り付け、トビちゃんはブレードリザードの背後から忍《しの》び寄り、一閃《いっせん》を右足の腱《けん》に向かって放つ。

それにより、支えを失った気絶状態のブレードリザードは、寄りかかる木の幹から仰向《あおむ》けに倒《たお》れ始める。

この段階で残りHPが三割を下回ったブレードリザードは、唯一鋭《ゆいいつするど》い鱗に覆《おお》われていない腹部を晒《さら》して気絶状態。回復するまで数秒の時間があるがそれを逃《のが》さず追撃を掛ける。

「喰らえっ！」

私は、地面を蹴って高く跳《と》び上がり、高さを利用した下突《つ》きをブレードリザードの胸元《むなもと》に突き刺《さ》す。

「一応は、ボスMOB！　硬《かた》い。けど――！」

半ばまで突き刺さった片手剣に体重を掛けて更《さら》に深く刺し込む。そこで気絶状態が切れたのか、ブレードリザードは暴れて逃げようと四肢や尻尾を振り回すが、構わずゼロ距離《きより》で手のひらを押し当てて――

「――《ライトシュート》《ライトシュート》《ライトシュート》！」

光魔法《まほう》を打ち込みダメージを与える。

振り回される手足や立ち上がりを阻止するために、ルカちゃんたちは、頭部や四肢、尻尾などを攻撃してダメージを与えていく。

私も深く刺し込んだ片手剣を握《にぎ》って、暴れるブレードリザードから振り落とされないようにしながら連続で光弾を打ち込み、遂《つい》にブレードリザードのHPをゼロにすることができた。

『SURARARAAAA――――』

最後に弱々しい鳴き声と共に、光の粒子《りゆうし》となって消えるブレードリザード。

この一方的な戦いをもしもユンお兄ちゃんが見たら――「やめてやれよ！　可哀想《かわいそう》だろ！」とか言いそうだな、と思い一人クスッと笑ってしまう。

自分が倒れるか相手が倒れるかの、デッド・オア・アライブのゲーム世界でも優《やさ》しいんだよねユンお兄ちゃんは。

確かに、倒した後に起き上がって、仲間になりたそうにこちらを見ていたら、今の戦い方だと罪悪感半端《はんぱ》ないのかもしれないけど、もう慣れてしまった。

「さぁ！　ボスのブレードリザードを撃破！　やったね！」

私は、元気よくルカちゃんたちに振り返るが、みんなは私を微妙《びみよう》な表情で見ている。

ヒノちゃんは、またやったと呆れたような様子で立っている。

ルカちゃんは、怒《おこ》ったように眉間《みけん》に皺《しわ》を寄せて腰《こし》に手を当てていて、その姿にちょっとユンお兄ちゃんのような静かな怖《こわ》さを感じる。

トビちゃんは、口元をマフラーで隠《かく》しているからわからないけど、なにかを訊《き》きたそうにしてソワソワしている。

「な、なにかな。みんな……」

「色々と訊きたいことがあります。今回、初撃を外した理由やブレードリザード単独撃破の話、それにあのデタラメな動き方です！」

「ルカちゃん、デタラメって……。それにトビちゃんも頷《うなず》いて」

私は抗議《こうぎ》しようと思ったが、みんなからじっと見詰《みつ》められたために理由を話す。

「えっとね。まず、初撃を外した理由は、レベルアップして新しいセンスが取得できるようになったから、今それを装備中……」

おずおずとルカちゃんの様子を窺《うかが》いながら答える。

プレイヤーのステータスは、装備センスのレベルで変化する。新規センスはたとえ上位センスでもレベルが1ならステータスが下がり、一時的な弱体化をする。

だから、ボス戦前に新規センスに変えたためステータスが低い状態となって初撃を外したのだ。とは言っても下がったのはＳＰＥＥＤだけで他のステータスはそれほど変化していないはずだ……たぶん。

ボスの単独撃破の話は簡単だ。

毎晩寝る前にデス・ペナルティー覚悟《かくご》で単独でボスＭＯＢに挑《いど》み、自身のステータスとスキルを駆使《くし》して対峙《たいじ》する。本来はパーティーで連携《れんけい》して戦うから安定して倒せるボスであって、その役割全《すべ》てを一人で行うのは大変だが、その分経験値の見返りは大きい。

ちなみに、先程《さきほど》言った新規センスはこの時のレベルアップに合わせて手に入れた。

「それで、何のセンスを手に入れたんですか？」

「えっと……【装備重量軽減】と【行動制限解除】のセンス」

これにより、軽鎧《けいがい》の部類の装備は更に軽くなり、【行動制限解除】のセンスと合わせて、羽根のような軽さで動き回ることができる。

それを使った三次元的なアクロバティックな戦い方も可能となっている。ただ、まだレベルが低くて体が少し軽く感じる程度だ。

「それでね！　剣《けん》や鎧を装備した状態でこんなこともできるんだよ！」

ルカちゃんたちにセンスの説明をしていたら次第《しだい》に熱中し始めて、私は、ドンドンと熱く語り始める。最終的には、連続バク宙からの捻《ひね》りを加えた動きも披露《ひろう》して、ルカちゃんとトビちゃんを呆《あき》れさせてしまった。

「……ミュウさんは、何を目指しているんですか？」

私の一連の動作を見て不安になったのかそう尋《たず》ねてくるトビちゃん。

剣士であり、光魔法を使う。更に回復魔法も使う万能《ばんのう》魔法戦士。それに驚異《きょうい》のアクロバット能力が加わり目指すものは――

「もちろん、パラディン！　聖騎士《きし》だよ、聖騎士！」

私が力強く答えると、今まで黙《だま》っていたヒノちゃんが堪《こら》え切れずに肩《かた》を震《ふる》わせて笑い始める。

「あはははっ！　やっぱり、ミュウちゃん。それは誰でも最初は驚《おどろ》くよ！　ボクだってβ版の時は散々驚かされたんだから！」

お腹《なか》を抱《かか》えて笑い始めたヒノちゃんに、キョトンとした表情で小首を傾《かし》げるルカちゃんとトビちゃん。

私とヒノちゃんは、付き合いはβ版からだ。その頃《ころ》も私は同じセンスを取っては、ヒノちゃんを驚かせたのを思い出す。

「けど、まだまだ遠いよ。羽根のように軽く動けないと」

目尻《めじり》に溜《た》まった涙《なみだ》を指先で拭《ぬぐ》うヒノちゃんだけど、私はまだ満足していない。やっとβ版の時のメインに使っていたセンスが揃《そろ》ったところだ。

「……そろそろ第二の町に進みませんか？」

トビちゃんは、一度私のセンスの話を保留にして私たちが先に進むのを促《うなが》す。

「そうですね。ボスＭＯＢのブレードリザードも倒したことですし、先に進みましょう」

ルカちゃんも納得《なっとく》して、私たちはブレードリザードを倒した先へと進むことにした。

東の森を抜《ぬ》けた先に広がるのは、私たちがＯＳＯにログインして最初に降り立った第一の町とは別の町だ。

第一の町が城壁《じょうへき》で囲まれた中世ヨーロッパ風の町並みなのに対して、この第二の町と呼ばれる町は、木の柵《さく》で囲われた牧歌的な雰囲気《ふんいき》の小さな町だ。

「うーん！　ここに来るのも久しぶりだ」

「なんだかいいですね。こう、田舎《いなか》っぽい雰囲気がありますね」

ルカちゃんは、物珍《ものめずら》しそうに辺りを見回す中で、近くの水車に目を奪《うば》われている。

町を流れる小さな川が水車を動かして、それの動力を水車小屋に伝えている。

小屋から小麦を挽《ひ》く規則正しい音が響《ひび》き、水飛沫《しぶき》を散らす水車がとても涼《すず》やかに見える。

「……ここは、どんな町なんですか？」

「うーんとね。ここは、主《おも》に料理系アイテムや木材や裁縫《さいほう》系の素材を扱《あつか》っている町かな？」

トビちゃんの疑問には、ヒノちゃんが答えながら町並みを観察している。

町中にある小さな畑やそこから収穫《しゅうかく》した野菜を背負い籠《かご》に入れて歩くＮＰＣ《ノン・プレイヤー・キャラクター》たち。

私は、賑《にぎ》やかな第一の町の雰囲気の方が好きだけど、β版にはこの雰囲気が好きでこの周辺に入《い》り浸《びた》っていた人も居たくらいだ。

「どうしようか？　この辺りのエリアの敵を倒してレベリングする？　それともクエストでも受けてみる？」

私は、そう尋ねながら、第二の町に設置されている転移オブジェクトのポータルに触《ふ》れる。これに登録することで次から第一の町のポータルからこの場所へと転移で移動することができる。

「その……私はもう少しこの町を歩いてみたいです」

「……わ、私も少し見て歩きたいです」

おずおずと提案するルカちゃんとまだ硬い感じで答えるトビちゃん。二人にとっては初めての第二の町だ。

「うん！　それじゃあ、β版で歩き尽《つ》くして調べ尽《つ》くした私たちがこの町を案内してあげるよ！　どんなところを見たいの？」

「そうですね。では、綺麗《きれい》な景色でも」

「なら、郊外《こうがい》の森との境目かな。決まったら、レッツゴー！」

私が拳《こぶし》を振《ふ》り上げて、先頭を歩き始める。

●

第二の町の周辺には街道沿《ぞ》いに森が広がっており、森へと入ればすぐに敵ＭＯＢが出現するエリアへと移ることができる。

だが、今私たちが見ているのは、エリアとの境界の光景。

「いいですね。ここは気持ちがよくて」

「そうでしょ！　森で狩《か》りをした後にここに来てみんなで休んだりしたんだよ！」

そう私が自慢《じまん》げに言うのは、森から町中へと流れる小川のそばだ。

町中の整備された水路に比べてゴツゴツした岩の残る小川に素足《すあし》を浸《つ》けて、まったりと町並みを眺《なが》める。

小川から水を引いて大小様々な水路が通る第二の町は、建物が少ないために町を広く見《み》渡《わた》すことができる。

NPCたちのルーチンワーク的な農作業風景やその合間を歩く疎《まば》らなプレイヤーたちを眺めながら、足をバタつかせて軽く水を撥《は》ねさせる。

「……のんびりですね」

「最近は忙《せわ》しなく動いていましたからね」

「あー、ボクはこのままここで昼寝《ひるね》するよ！」

トビちゃん、ルカちゃん、ヒノちゃんの順番にこの水場の魅力《みりょく》に取り憑《つ》かれていく。

「折角ここを選んだんだからここでの案内が終わったら森に行かない？」

「えーっ、だって森に出現するMOBって面倒《めんどう》じゃん。パーティーに魔法使《まほうつか》いが加入してからにしない？」

この森に出現する敵MOBは、物理に強いブルビートルや動きが速くて数が多いバレット・コロストだ。確かに魔法使いのいないパーティーだと辛《つら》いかもしれない。

「むぅ、わかった。今日は、私もお休みする」

そう言って、私も後ろに倒《たお》れ込み空を見上げる。

そのまま、だらりと脱力《だつりょく》して目を閉じると、森の方の木々の葉擦《はず》れの音に混じって人の声が聞こえてくる。

「あんた！　なんであのタイミングであんなことしたんや！」

「ふふふっ、いえ。無防備だったのでつい……」

「つい、でパーティーメンバーにちょっかい出して追い出されたら世話ないやろ！」

何やら言い合いをしている女の子たちの声が聞こえる。

片方は怒っているようだが、もう片方の女の子はそれを軽く聞き流している。

「あー、どないすんねん！　前衛なしで！」

「ふふふっ、なら次のパーティーを探すだけですよ。次は追い出されないように見ているだけにしますよ」

「ホンマにそうしてよな。……ってリレイ、どこ見てんねん」

「ふふふっ、いえ、ちょっとね」

二人組の足音が一度止まり、少しずつ私たちの方に足音が近づいてくる。

目を開けて上体を起こせば、声の主《ぬし》らしい女の子が二人。

「ふふふっ、そこの方々。お暇《ひま》ではないですか？」

微笑《ほほえ》みながら私たちに声を掛《か》けて来たのは、二股《ふたまた》に分かれた帽子《ぼうし》を被《かぶ》った少女だった。

その後ろには、呆れたような表情の、麻呂眉毛《まろまゆげ》に小さな丸眼鏡《めがね》を掛けた女の子がいた。麻呂眉毛の子の装備は、このOSOの世界観に珍しい和装っぽいデザインで目を引く。

「ええ、ここで休憩《きゅうけい》しているところですが、なにか御用《ごよう》でも？」

「いえ、私の話を聞いて頂けたらと思いましてね。まずは自己紹介《しょうかい》を。私は、リレイです」

二股の帽子を被った少女・リレイの質問に律儀《りちぎ》に答えるルカちゃん。それに対して、リレイは、微笑みを浮《う》かべながら話をする。

「みなさんは、パーティーに魔法使いを必要としているのではないですか？」

「どうしてそう思うんですか？」

「ちょっと、リレイ！　いきなりそんな話したら失礼やろ！　すんません！　すぐにこの子連れて帰りますんで！」

いきなり現れたリレイに対して後ろにいる少女がリレイの服の端《はし》を引っ張って連れて帰ろうとするが、リレイに興味を持った私たちは、それを止める。

「ちょっと待って！　失礼じゃないから！　なんでそう思ったのか私たちに聞かせてよ！」

私が声を上げると麻呂眉毛の女の子は、足を止めてリレイの服から手を離《はな》す。

そしてああ、興味持ってしもた、と空を見上げて呟《つぶや》いているが、なにかあるのだろうか？

「ふふふっ、では僭越《せんえつ》ながら。私がそう感じたのは、まず、第二の町に居るという点で、みなさんは実力あるプレイヤーだということ」

指を一つずつ立てて考えを述べるリレイ。

「そして、この町に来ることができるレベルで物理系の装備が多く見られました。なので、魔法使いが居ない。もしくは、居ても戦士と魔法使いを兼任《けんにん》していると」

「正解。だけど、ボクたちは、待ち合わせしているのかもしれないよ」

「それは、待ち合わせをするにしては、この場所は、第二の町のポータルから離れていますのでそれはないと思いました。どれも簡単な推理です」

「……すごい。当たってる」

ポツリと呟くトビちゃん。

「それで、リレイと……あなたの名前は」

「ああ、自己紹介がまだやったな。うちは、コハク。よろしゅうな」

リレイとコハクの二人組の直前の会話を思い出すと、直前までいたパーティーから追い出された様子だ。また、二人の装備が戦士寄りではないことを考えると――

「それで、リレイとコハクは何がしたいの？」

「ふふふっ、それは――私たちの売り込みです」

やっぱりか、と思いつつ、私はこれをチャンスだと捉《とら》える。

「私とコハクは、二人とも魔法使いです。なので、私たちをパーティーに組み込むだけで魔法による攻撃《こうげき》力が一気に高まりますよ」

「リレイ。そんな売り込みでパーティーに入れてくれる人がいるわけ――」「うん。いいよ」

――っていいんかい⁉」

中々のノリツッコミにヒノちゃんとトビちゃんが小さな拍手《はくしゅ》をコハクに送る。

「ホンマか？　本気なのか⁉　確かにパーティーに加えてくれるのは嬉《うれ》しいんやけど……」

「ちょうど、私たちも魔法使いが欲《ほ》しかったので問題ありませんよ」

「ルカちゃんの言う通り！　私たちは魔法使いを、コハクとリレイは自分たちを守ってくれる前衛を必要としている。パーティーはそういった打算から始まってもいいんじゃない？」

ルカちゃんと私が答えると、コハクは目を大きく見開き何度も瞬《まばた》きを繰《く》り返している。

「ふふふっ、交渉《こうしょう》成立ですかね。よろしくお願いしますね」

「あー、またリレイの毒牙《どくが》に掛かる女の子が……」

笑顔《えがお》で右手を差し出してくるリレイと私たちが硬《かた》い握手《あくしゅ》を交《か》わす一方で、コハクは頭を抱《かか》えてブツブツと呟いている。

「私たちも自己紹介しないとね！　私は、ミュウ。剣《けん》と光魔法。それと回復主体で戦ってるよ」

「私は、ルカート。前衛剣士の役割でパーティーの司令塔《しれいとう》を学ばせて貰《もら》っています」

「ボクは、ヒノ。この大槌《おおつち》と長槍《ながやり》をマルチで使い分ける前衛だよ」

「……トウトビです。斥候《せっこう》役です」

私たちが簡単に自身の戦闘《せんとう》スタイルなどを伝えれば、今度はリレイたちが答えてくれる。

「ふふふっ、ご丁寧《ていねい》に。改めまして、私はリレイ。魔法は、火属性単体ですが、その分火力重視のセンス構成です」

「うちは、コハク。魔法は、風と水の二種や。けど、リレイの馬鹿《ばか》火力を補うために連射性や敵への牽制《けんせい》を重視しとるから威力《いりょく》はそんなに高くあらへん」

互《たが》いにそれぞれの特徴《とくちょう》を聞き、パーティーへの組み込みを構築し始める。

ああでもない。こうでもない。と細かなパーティーの動きなどを相談しつつ少しずつ基本となる動きを決めていく。その間少しリレイと私の距離《きょり》が近かった気がするが、私とセイお姉ちゃんとの距離感を考えると別に普通《ふつう》な気がするので気にしない。

「これ、もしかしてゴーレム行けるんじゃない？」

「うちらのパーティー戦力ならゴーレム程度余裕《よゆう》やろ。そもそも魔法使い抜《ぬ》きでも勝てるんとちゃう？」

ヒノちゃんの呟きに対して、コハクの冷静な意見が入る。確かに、魔法使い抜きの持久戦でもゴーレムは倒せるだろうが……

「あははっ……あんまり長期戦になると後のパーティーが詰《つ》まっちゃうから」

「あー、そういうこともあるもんな」

ゲーム開始当初は、ゴーレムへの挑戦者《ちょうせんしゃ》が少なかったために【ゴーレム先生】によるレベリングを行うことができたが、最近は他のプレイヤーの多くもレベルを上げてゴーレムへと挑《いど》むようになってきた。

その中で、一つのパーティーが段取り悪く長期戦になってしまうと後のパーティーが迷《めい》惑《わく》してしまうので、それを考慮《こうりょ》して私たちは今までゴーレムに挑んでいないのだ。

ただし、深夜などの時間帯にはプレイヤーが過疎《かそ》化するので、ブレードリザードへのソロ討伐《とうばつ》の挑戦などの長時間戦闘でも後続のプレイヤーに迷惑を掛けない。

「ほな、早速《さっそく》ゴーレムのところに向かうんかい？」

「まずは、第一の町の途中《とちゅう》の敵MOBを相手にしながらみんなの連携《れんけい》の確認《かくにん》じゃない？　話し合いと実際の動きでは違《ちが》いが大きいからその辺は確かめておかないと」

パーティー戦は、人数が増えれば、その分個々の動きが複雑化して連携も難しくなる。

そこで、ふとタクさんと話した内容を思い出す。

（そう言えば、タクさんとユンお兄ちゃん、少しだけパーティー組んだって言ってたっけ？）

毎日の食卓《しょくたく》で顔を合わせているにもかかわらずユンお兄ちゃんからは詳《くわ》しい話は聞けていないが、タクさんからは、ユンお兄ちゃんの活躍《かつやく》とかパーティーでの動きなどを聞いている。

タクさん曰《いわ》く、ゴミセンスばかり集めて、マイペースでプレイしているユンお兄ちゃんだが、その内容は、プレイヤースキルは悪くないとのことだ。

特に初対面の相手とパーティーを組んでも連携が取れる能力がずば抜けて高い。それも練習なしで理想的な動きができるくらいだという。

確かにユンお兄ちゃんは、昔からゲームはそんなに上手《うま》くはないけど、仲間の連携やアシストで味方の能力を引き出すのが異様に上手かった。

（私には無理だけど、パーティーでの戦闘を繰り返してメンバーの連携を洗練させること

はできる）

うん、と内心で頷《うなず》きながら、私はこの六人パーティーでの連携を早い内に習得しようと決意する。

「ミュウさん。どうしたんですか？　なんだか急に静かになっちゃって」

「ほらほら、行くよ！　ボクとトビちゃんは先にポータルのところに行ってるからね！」

「大丈夫《だいじょうぶ》か？　なんか気になることでもあるん？」

いつの間にか俯《うつむ》いて黙《だま》っていたためにみんなを心配させてしまったようだ。

「大丈夫だよ！　何でもない！　それとヒノちゃんとトビちゃん、私を置いてかないでよ！」

先に小走りに移動しているヒノちゃんとトビちゃんに抱《だ》き付くようにして追い付く。

「……むにっ、ミュウさん。重いです」

「あー、トビちゃん酷《ひど》い！　私は重くないよ！」

少し恥《は》ずかしいのか抱き付く私を引き剝《は》がそうとするトビちゃんに対して逆に強くくっ付くと、困ったように視線を彷徨《さまよ》わせている。

「ふふふっ、眼福《がんぷく》眼福」

「リレイ。自重《じちょう》せなあかんで」

その一方で、小さな声で会話するリレイとコハクの姿があったが私たちは、気が付かない。

全員が一度、第二の町から第一の町へとポータルで転移して、そこから西側の森へと抜ける。

西側のエリアでは、野犬や蝙蝠《こうもり》などの雑魚《ざこ》MOBもいる中で、西エリアの林には比較的《ひかく》強い中型MOBであるフォレストベアやゴーレムのいる採石場のサンドマンを中心に戦闘を繰り返す。

「はぁあっ！」

今は、私たちの身長よりも大きい熊《くま》型MOBのフォレストベアを相手にパーティーの連携を確認している。

戦闘が始まり、フォレストベアの一撃をルカちゃんが盾《たて》や剣の側面で受け流し、ヒノちゃんが相手の攻撃範囲《はんい》から離れた場所から長槍で突《つ》いている。

私とトビちゃんは、代わる代わるフォレストベアの背面や側面で攻撃を続け、時には、ルカちゃんからヘイトのターゲットを奪《うば》って、そのターゲット変更《へんこう》の隙《すき》を狙《ねら》って攻撃を重ねる。

「どんどん行くで！ ――《クイック・ブラスト》《アクア・バレット》！」

フォレストベアは身長が高いために、頭部などの高い位置の攻撃には、コハクの風と水の下級魔法が断続的に放たれる。

「ふふふっ、準備できました」

「――全員退避《たいひ》！」

ルカちゃんの号令と共に、私たち全員が、フォレストベアから距離を取り、その直後にリレイの火属性魔法《フレイム・バーン》が放たれ、地面より燃え上がる火柱が熊の体を包み込む。

「やったな！　中々の連携やないか？」

リレイの高火力魔法が炸裂《さくれつ》して、既《すで》にフォレストベアは倒《たお》れたと思い込んで顔を綻《ほころ》ばせているコハク。それに釣《つ》られて、ルカちゃんとトビちゃん、リレイが武器を下ろしかける。

この辺りはβ版での経験の差かな、と思いながら、私は炎《ほのお》の柱を引き裂《さ》いて現れるフォレストベアに即座《そくざ》に対処する。

私は森の木を蹴《け》り上がり、フォレストベアの目線まで駆《か》け上がる。私の動きに反応して振るわれる鉤爪《かぎづめ》は長槍から大槌に持ち替えたヒノちゃんが弾《はじ》き飛ばして、フォレストベアは大きく頭を反《そ》らした体勢になる。

「でりゃぁぁあっ！」

私は、熊の脳天に力一杯《いっぱい》の縦斬《ぎ》りを放ち、そのままの勢いで空中を回転しつつ、フォレストベアの背後に着地する。

「もう、魔法は強力な反面、敵の姿を隠《かく》しちゃうものがあるんだから気を抜いちゃ駄目《だめ》だよ！」

私が振り返って注意するのに合わせて、フォレストベアの巨体《きょたい》がぐらりと前のめりに地面を揺らしながら倒れる。そのまま光の粒子《りゅうし》となって消えた後には、ぽかん、と驚《おどろ》いたような表情の四人がいた。

「……そ、そうやね。次からは気をつけへんとな。って、いやいやいや！　そうやなくて！　なんや！　今の！」

遅《おそ》まきながらもしっかりとツッコミを入れてくるコハクのノリの良さを嬉しく思う。

「えー、ただの【行動制限解除】による三次元的な動き方だよ」

「そんな現実にありえへん動きができるなんて、なんてリアルチートや。宇宙飛行士の訓練でも受けてるんかい」

本日二度目の実演として、軽いステップを踏《ふ》んで、宙返りや木々を使った壁《かべ》キックなどをしてみせれば、全員呆《あき》れた様子で見てくる。

「ふふふっ、あんなにテンション上げて可愛《かわい》いですね」

「ああ、完全にリレイの標的にされてもうたか」

コハクとリレイが何やら呟《つぶや》いているが、それよりも次のフォレストベアを探す方が重要であるためにあえて無視する。

「結構、パーティーの連携もよくなったんじゃない？」

「そうだね。急造パーティーにしてはいいかもね」

ヒノちゃんの評価に同意しつつ、コハクとリレイの加入をありがたく思う。

「ふふふっ、本日は急なパーティーの加入なのにありがとうございます」

「いえ、こちらも魔法使《まほうつか》いを必要としていましたから」

ルカちゃんが微笑《ほほえ》みを浮《う》かべながら、丁寧なお礼をする。それに対して、リレイの瞳《ひとみ》がすっと細められて妖《あや》しく揺れる。

リレイの僅《わず》かな様子の変化を敏感《びんかん》に感じ取ったルカちゃんは、一歩下がろうとするが

――


「ふふふっ、それならお礼ついでに一つ貰《もら》いましょうか？」

そうしてリレイは、ルカちゃんへと近づいて、耳元に息を吹《ふ》きかける。

「ひゃっ⁉　なな、何をするんですか⁉」

「ふふふっ、思った以上に可愛い声を上げますね」

「リレイ！　あんたなにやってんねん！」

ルカちゃんの可愛い悲鳴と共に離《はな》れたリレイは、妖艶《ようえん》に自分の唇《くちびる》を舌で舐《な》め次の標的へと向けて駆け出す。突然《とつぜん》の事態に、全員が固まって動けない中で、その標的の背後に回ったリレイは――

「とても形のいいお尻《しり》ですね。ふふふっ……」

「……っ⁉　きゃっ！」

トビちゃんの耳元で囁《ささや》き、防具の上からでもはっきりとわかるお尻を優《やさ》しく撫《な》で上げる。

それに過敏《かびん》に反応したトビちゃんは、前に倒れるように転がる。

「リレイ！　いい加減にしぃ！」

コハクは止めようと声を張り上げるが、先にリレイにやられたルカちゃんとトビちゃんのケアに回っているために、こちらに来ない。

そして、次の標的になった私は――

「耳元、お尻。そして、慎《つつ》ましいその胸と、いただきま――」

白銀の胸鎧《きょうがい》の脇《わき》から手を突き入れようとするリレイだが、私は、反射的にその手を取って跳《と》ぶ。

リレイの腕《うで》を抱《かか》えるようにしたまま【行動制限解除】によって高まった身体能力で空中

へと跳び上がり、両足でリレイの首を挟《はさ》み込む。そのまま、体を捻《ひね》って後ろに引き倒すようにして腕十字固めが極《き》まった。

「……って、ああ!? ごめんね。つい反射的に!?」

「いや、反射的にそんな動きできる一般人《いっぱん》いないから」

かなりアクロバティックな動きでリレイを押さえ込んだが、大丈夫だろうか、と顔を覗《のぞ》き込む。

「ふふふっ、腕に美少女の白い太腿《ふともも》の感触《かんしょく》。これも堪《たま》らないですね。って、痛たたたたっ……」

反省の色がなさそうなので、軽く極めていた腕十字固めを強めると痛みを訴《うった》え始める。格闘技《かくとうぎ》に、ダメージ判定の発生する【投げ】や【拳《こぶし》】系のセンスはないためにダメージは発生しないが、多少の痛みはある。

「ミュウ！　そのままや！　今からリレイを捕縛《ほばく》するで！」

「コハクは、どこからそのロープ取り出したの」

一人被害《ひがい》のなかったヒノちゃんがツッコミを入れるが、ロープでぐるぐる巻きにされたリレイとそのロープの端を握《にぎ》るコハクが正座する形でこちらに向き直る。

「この度《たび》は、うちがこの阿呆《あほう》の手綱《たづな》をしっかりと握ってなかったばかりに不快な思いをさせてすみませんでした！」

リレイの頭を無理矢理押さえつける形で土下座をする二人。見事な土下座に逆に妙《みょう》な感動を覚える私とヒノちゃんだが、被害にあったルカちゃんとトビちゃんは、私たちを盾にして少し距離《きょり》を取っている。

「な、なんであんなことしたんですか」

確かに、あまりにいきなりだったので混乱しているが、何故《なぜ》ルカちゃんやトビちゃんを襲《おそ》ったのか、理由が気になる。

「えっとな。その、なんと言ったらええのか……」

言い辛《づら》そうに視線を逸《そ》らすコハク。しばらくして決心がついたのか大きな溜息《ためいき》を吐《つ》きながら説明してくれた。

「リレイは、その……百合《ゆり》好きなんや」

「百合って。あの女の子同士の？」

「その通りや。女の子同士が仲良くしているのを見るだけでも満足するんやけど、たまに我慢《がまん》できなくなって今回みたいにセクハラ行為《こうい》に走るんや」

諦《あきら》めたように呟くコハク。

「ミュウたちに声を掛《か》けたのも、前のパーティーで同じように女の子にセクハラ紛《まが》いなことをした所為《せい》でな。パーティーリーダーの男がその子に気があったようでな。邪魔《じゃま》な私ら二人揃《そろ》ってパーティーを追放と」

もう、どうとでもなれ、といった感じで全部ぶちまけるコハク。

そして、トビちゃんが顔を赤くしながらもおずおずとあることを尋《たず》ねる。

「……それじゃあ、二人は、その……そういう関係で？」

「ないない。それは絶対にありえへんって」

「そうですよ。私にだって女の子を選ぶ権利くらいありますよ」

「なんか、真顔で否定されると事実でも無性《むしょう》に苛立《いらだ》つのは何でやろうな」

隣《となり》で簀《す》巻《ま》き状態のリレイが否定すると、コハクが額に青筋を立ててリレイを小突《こづ》き始める。リレイはそれに反抗《はんこう》できないが、なぜか余裕《よゆう》の笑《え》みを浮かべている。

「じゃあ、なんで二人は一緒《いっしょ》にいるの？　コハクは、前のパーティーに残れたんじゃない？」

「あー、うーん」

私がそれを尋ねると、コハクはリレイを小突く手を止めて首を傾げながら考える。

「やっぱり、放《ほう》っておけんからかな。それになんだかんだでリレイはいい子やから、事態をややこしくせぇへんためにも、うちがしっかりと手綱を握っておかんと」

自嘲《じちょう》気味に笑うコハク。その様子を見るに、リレイは個性的ではあるが悪い子じゃないのがわかる。

「うーん。ミュウちゃん、ルカちゃん、トビちゃん、ちょっとあっちで相談いいかな？」

「うちらの処遇《しょぐう》についてな。わかったで」

「まぁまぁ、コハク。気を落とさないことよ」

「誰《だれ》のせいや！　誰の！」

多分、追い出されるだろうな、と諦め気味のコハクに対して平然とボケをかますリレイ。

二人の掛け合いにヒノちゃんが小さく噴《ふ》き出す。

「なんか、面白《おもしろ》いよね。あの二人。ボクは好きだよ」

正座したコハクとリレイの様子をちらりと窺《うかが》うヒノちゃんは、好意的な反応を見せる。

その一方でルカちゃんとトビちゃんは、少し渋《しぶ》い表情を作る。

「確かに楽しい人ですけど、耳元に息を吹きかけられたのは驚きました」

「……私も他人に、その、お尻を……撫でられた経験がないので、ビックリしました」

まだ息を吹きかけられた耳元が気になるのかソワソワしているルカちゃんと、顔を赤らめて自分の体験を口にするトビちゃん。

確かに、突然だと驚くことだ。私も慎ましいながらもあるおっぱいにタッチされそうになった。そう、成長途上《とじょう》のおっぱいに！

「ミュウさんは、どうなんですか？　一応被害者じゃないですか？」

「うーん。確かにルカちゃんの言う通りなんだけど、自分のお姉ちゃんたちにするスキンシップとあんまり変わらないから……」

私は、人差し指を顎《あご》に当てながら、今までにセイお姉ちゃんたちにやってきたイタズラやスキンシップを考えてみると普通《ふつう》のことだ。それに仲のいい女の子にボディータッチくらいは普通にすると思う。

「仲良しの女の子に今回みたいなスキンシップをやられたらどう思う？」

「それは……たぶん、私は許してしまいますね」

「……その、私、そういう経験あまりないです」

ルカちゃんからは同意を貰えたが、トビちゃんは少し恥ずかしそうに頬《ほお》を赤くする。

「ミュウちゃん……」

「あはははっ、なんかごめんね」

ヒノちゃんからジト目で睨《にら》まれたので、誤魔化《ごまか》すように乾《かわ》いた笑いを浮かべると、トビちゃんが慌《あわ》てたように声を上げる。

「……そ、その、違《ちが》うんです。今は、ミュウさんたちが友達ですし、ミュウさんたちとのスキンシップはびっくりするけど、少しだけ憧《あこが》れはします」

耳まで真っ赤にして、マフラーに深く顎《あご》を埋《うず》めて私たちの視線から逃《に》げようとしているトビちゃん。

「今回はリレイが距離感を計り損ねたけど、もっと仲良くなったら普通に付き合えると思うんだよね」

「たぶんそうだと思います」

「私は、その、できればゆっくりと仲良くなりたいです」

被害を受けたルカちゃんとトビちゃんは今回のことを不問にしようとするが、ヒノちゃんは、そこに待ったを掛ける。

「無条件で今回のことを流す。ってのはボクとしてはちょっとどうかと思うな」

「むぅ、確かにそうですね。ですけど、どうするんですか？」

何か条件を付けるとかしないと駄目《だめ》かもしれないが、その条件を私は思いつかない。だが、それはヒノちゃんがちゃんと考えていたようだ。

「それなら簡単だよ。あのね――」

私たちはその内容を聞いて、全員が同意した。

「こっちは、パーティー追放の覚悟《かくご》はできてる！　けど、やっぱりパーティーから離れるのは辛《つら》いわ」

「自分で啖呵《たんか》を切った端《はし》から弱気にならないでくださいよ」

「あんたのせいで追い出されるんや！」

変わらずボケとツッコミの応酬《おうしゅう》を繰《く》り広げている二人の前に立つ私たち。相談が終わって私たちが戻《もど》ってきたことでコハクとリレイは顔を引き締《し》めて私たちの言葉を待つ。

「相談の結果なんだけど――ゴーレム討伐《とうばつ》までは仮パーティーということにしてその結果で決めたいと思います」

私の言葉に目を瞬《しばた》かせながらその内容を反芻《はんすう》するコハク。

「それってつまり……」

「ゴーレム討伐までパーティーを組むけど、その時の戦闘《せんとう》の様子とか諸々《もろもろ》を判断して、野良パーティーで終わるかそれとも今後とも継続《けいぞく》して組んでいくか決めたいと思うんだけど、どうかな？」

「どうかなも何も、うちらに文句はあらへん！　チャンスを貰《もら》えるんやから。リレイも嫌《きら》われるような問題を起こさんと真面目《まじめ》にやり！」

コハクは簀巻き状態のリレイを叱咤激励《しったげきれい》すると同時に、その縄《なわ》を切って解放する。

「それじゃあ、ボスのゴーレムへとレッツゴー！」

「レッツゴー！」

私が拳を突《つ》き上げて声を上げると、私のノリを理解してヒノちゃんだけが合わせてくれる。

ルカちゃんは苦笑いを浮《う》かべて、トビちゃんは、拳を小さく上げるか上げないかで迷い恥《は》ずかしそうにしている。

コハクは、私たちの条件に対して真剣《しんけん》な顔つきでゴーレムに挑《いど》もうとしており、一方のリレイは、私たちの様子を見て頬《ほお》を赤らめているが、不用意に接触《せっしょく》してはこない。

少し移動した私たちは、西側のボスＭＯＢであるゴーレムに辿《たど》り着いた。

「さぁ、戦闘開始です！　行きますよ！」

ルカちゃんの指示に全員が速《すみ》やかに配置に着く。

「みなさんがいつもの配置に着きましたら、先制攻撃《こうげき》はコハクさんが、そこからは練習通りでお願いします」

ルカちゃんの指示に従い、前衛はゴーレムを取り囲むような位置に着いて、後衛のコハクとリレイの前にルカちゃんが立つ。この立ち位置は状況《じょうきょう》によって変則的に変わるが、基本はこの形でいく。

「ほな、行くで！　――《クイック・ブラスト》一斉掃射《いっせいそうしゃ》！」

溜《た》め込んだ三発の不可視の突風《とっぷう》が駆《か》け抜《ぬ》け、ゴーレムの上体にぶつかる。物理攻撃では中々揺《ゆ》れない体が、今は足踏《あしぶ》みをして体勢を立て直そうとしている。

「行くよ！　はぁ！」

「……行きます！」

「ボクも全力で行くよ！」

私とトビちゃんは、機動力を生かして散発的な攻撃を繰り返し、ゴーレムの膝裏《ひざうら》や足節を重点的に狙《ねら》って動きを止める。

ヒノちゃんは、ゴーレムに比較《ひかく》的有効打を与《あた》える打撃系武器の大槌《おおつち》を振《ふ》り回し、体や胴《どう》体《たい》を狙って積極的にダメージを稼《かせ》ぐ。

私たちの攻撃によってヘイトのターゲットが正面から変わった時は、ルカちゃんがゴーレムと新しいターゲットの間に割り込むようにして攻撃を受け流し、カウンターを放つ。

そして、動くことで空いた位置に後衛への守りが一番近い人が入る。

その間、コハクの魔法《まほう》が連続でゴーレムの頭部付近に放たれ、HPを一定の速さで削《けず》り続ける。

「ふふふっ、準備できました！」

「みなさん、散開！」

リレイの報告を受けて、ルカちゃんが手短に指示を出す！

ゴーレムに接近して攻撃していた前衛は、それに合わせて大きく飛び退《の》いて距離《きより》を取る。

「――《フレイム・バーン》！」

大きな火柱がゴーレムの足元から噴き出すが、両腕《りょううで》を振り回して炎《ほのお》を消そうとする。

魔法によるダメージを受けながらのゴーレムの反撃。この大振りは、普段《ふだん》なら股抜《またぬ》けや、振り回される腕から逃げるようにぐるぐるとゴーレムの巨体《きょたい》の周りを回っていれば避《さ》けられるが、今は魔法の影響《えいきょう》でそうした逃げ道が塞《ふさ》がれている。安全に距離を取っておいて正解だった。

そして、炎が消えた直後に再び私たちが接近して次々に攻撃を放っていく。

「はぁ！　――《フィフス・ブレイカー》！」

「――《インパクト》！」

「――《ショック・インパクト》！」

「――《バックスタブ》！」

それぞれが現状で有効なアーツを放ちダメージを稼ぐ。この時点でゴーレムのＨＰは残り七割。前にヒノちゃんとルカちゃんと一緒に物理攻撃を中心に戦った時に比べて断然効率のいい戦いができている。

「ふふふっ、次の魔法の準備ができました！」

「――散開！」

さっきより短い掛《か》け声と共にゴーレムから距離を取り、直後に立ち上がる火柱を見上げる。

二度目の火柱を受けながらも炎に取り込まれていない腕を振って、ゴーレムは火柱を引き裂《さ》いていく。

「なんちゅう絶望感……」

コハクの呟《つぶや》きに、これがＨＰの見えない戦いだったら攻撃が効いていないと錯覚《さっかく》しそうな光景に、その点では同意してしまう。

腕の振り回しによって火柱を突破したゴーレムは、後衛のコハクとリレイに向かって一歩ずつ踏《ふ》み出す。

「今の一撃でターゲットが後衛に向きました！　私は、後衛の護衛に回ります」

「それじゃあ、私たちは全力阻止《そし》で行くよ！」

私は最大速度で駆け出して、ゴーレムの膝裏を目掛けて片手剣《けん》を振るう。それに合わせてヒノちゃんが、体勢の崩《くず》れたゴーレムの肩《かた》に大槌を振るい後ろに引き倒《たお》そうとするが堪《こら》えてしまう。

「――《クイック・ブラスト》！」

だが、それに合わせ放たれたコハクの風魔法でゴーレムの足元の地面が弾《はじ》け、それにより踏ん張る地面が消失したことで、ゴーレムの体が後ろに倒れる。

「おおっ！　ナイスタイミング！」

「魔法は、直接当てるだけが使い方やないからな。けど、うちはこれでMP使い切ったから回復待ちや！」

コハクの言葉に、それで十分と答えながら、彼女の生み出したチャンスを生かすべく一気にゴーレムに接近して至近距離で魔法を放つ。

「――《ライトシュート》《ライトシュート》。も一つ《ライトシュート》！」

ゴーレムが起き上がるまでの時間に可能な限り光弾《こうだん》を打ち込む。ヒノちゃんも少しでも起き上がりを遅《おそ》くするために肩や腕を重点的に攻撃する。トビちゃんは、ゴーレムの頭部に乗り、頭部の結晶《けっしょう》を短刀の尖端《せんたん》で素早《すばや》く突く。

「みなさん！　避《よ》けてください！」

私たちは攻《せ》めるチャンスと思い深追いしすぎていたようだ。ゴーレムに似つかわしくない素早い動きで腕が振るわれる。

「はいっ！」

「《インパク――にきゃっ！」

「ヒノちゃん⁉　くっ、かぁ！」

トビちゃんは素早く飛び退いて攻撃を避けたが、私とヒノちゃんは、岩の腕に強く払《はら》われて大きく吹《ふ》き飛ばされる。

ヒノちゃんは、大槌を盾《たて》にして攻撃を受け止めたために、武器を構えたまま尻餅《しりもち》をつくようにして後方に着地した。対する私は吹き飛ばされた勢いそのままに【行動制限解除】を駆使《くし》して空中で姿勢を立て直して即座《そくざ》に次の行動に繋《つな》げる。

「……みなさん！　無事ですか⁉」

「それよりルカちゃんの援護《えんご》に回るよ！」

「私は大丈夫《だいじょうぶ》です。はぁ！」

振るわれるゴーレムの右の拳《こぶし》を剣の側面に合わせるようにして受け流す。続く左の拳の一撃は半歩下がって避け、回避《かいひ》と受け流しでゴーレムの足止めを行う。

その後、再びゴーレムに接近した私たちは、回復魔法を使ってパーティー全員のHP管理をしつつ、コハクたちのMPが回復するのを待つ。

そして、ゴーレムの残りHPが三割を切り――

「ふふふっ、大きいの行きますよ！」

「うちもMPの半分回復した！　リレイに合わせるで！」

再び行われる二人の報告に私たちは、ルカちゃんの合図を待つ。

「――今です！」

その瞬間《しゅんかん》にまた全員がゴーレムとの距離を取る。今度の魔法では、先程《さきほど》よりも強力な炎が立ち上がる。

「――《フレイム・バーン》！」

「――《リトル・トルネード》！」

炎と風の魔法が相乗効果によりその威力《いりよく》を増してゴーレムを包み込む。

魔法を連鎖《チェーン》させることで通常のチェーンボーナスよりも威力を増すことがあるが、異なるプレイヤーが意図的に発生させるのはプレイヤースキルが高い証拠《しょうこ》だ。

「すごっ！　もしかしたら、もしかするかも……」

私は、二人の能力の高さに期待しつつ小さく呟く。その間にも轟々《ごうごう》と燃える炎の柱がゴーレムを完全に包み込み、炎の中に立つ黒い影《かげ》が崩れて消えていく。

●

今回は魔法を放った後も全員で警戒《けいかい》を続け、炎が止《や》んだところでゴーレムを倒したことを実感して、全員がふっと肩の力を抜いた。

「……終わりましたか？」

「終わったね。文句のない大勝利！」

まだ実感が持てないトビちゃんが尋《たず》ねると、ヒノちゃんは力強く答える。

ルカちゃんも以前のゴーレム・レベリングの時には回避重視であったために、今回の守るべき後衛を抱《かか》えつつ敵の攻撃を受け流す戦い方は緊張《きんちょう》感の度合いが違《ちが》ったようだが、少し疲《つか》れた表情ながら微笑《びしょう》を浮かべている。

私たち四人がゴーレムに勝てたことに喜ぶ一方で、コハクとリレイはまだ緊張で硬《かた》い表情を作っている。

「それで、うちらはどうやった？」

ゴーレム撃破より私たちの判定の方が重要だといった感じだ。

そして、私の返答は——

「うん？　なんのこと？」

「忘れとったんか！」

「コハク、落ち着いて。どうどう」

うちは馬やない！　とリレイに向かってコハクが吼《ほ》えるが、私は、肩で息をするコハクに対して、軽く謝る。

「いや、ごめんね。あまりにも真剣《しんけん》だったから肩の力を抜いて欲しくて」

「それで、結果は？」

ぐったりしたコハクの代わりに尋ねてくるリレイに対して、私は合格を告げる。

「私としては、是非《ぜひ》とも加わってほしいくらい。あんな隠《かく》し玉があるなんて」

ルカちゃんたちも二人の戦いっぷりを見て、問題ないと感じたようだ。

「ただ、いきなり触《さわ》られたりすると驚《おどろ》くからあんまり触るのは禁止ね」

「そ、そんな……」

合格と聞いてコハクが顔を綻《ほころ》ばせるのと対照的に、次の言葉で、リレイが重たい影を背負い項垂《うなだ》れる。

「残念やったなリレイ。だけど、普段から行いが悪いんや。次やったら今度こそ追放されるで」

「ふふふっ、ですが間近で極上《ごくじょう》の美少女たちを見られるという環境《かんきょう》を考えればこれもまた」

じゅるり、と垂れ落ちそうな涎《よだれ》を拭《ぬぐ》うリレイにコハクはジト目を向ける。

「気を取り直して第三の町へと行こうか！　それに六人フルパーティーの完成をお祝いしないと！」

「そうだね。最初はボクとミュウちゃんの二人だけだったのが、よく集まったね」

しみじみするヒノちゃんに対して、ルカちゃんは、私たちにスカウトされた時のことを思い出したらしく小さく笑う。

トビちゃんは、私たち三人が最初から一緒にいたと思っていたのか、無言で驚き、コハクとリレイも同じように、自分たち以外の四人が最初から一緒にいたと思い驚いている。

それは客観的に見て、私たちはかなり相性《あいしょう》がいいということじゃないだろうか。

「パーティーも完成したことだし、これからガンガン今までに行けなかったエリアや敵MOBを倒しに行かなきゃね！　お姉ちゃんたちと張り合わないと！」

セイお姉ちゃんやタクさんたちみたいな最前線で戦うプレイヤーと更《さら》に鎬《しのぎ》を削《けず》るような

攻略《こうりゃく》をすることにワクワクする。

「ふふふっ、ミュウさんにお姉さんがいるんですね。それは楽しみです。美人や美少女の周りには、そうした人が集まりますからね。ほんとに楽しみです」

「……リレイ。うちは、あんたのそのポジティブさを時々羨《うらや》ましく思うよ」

そして、私たちは鉱山の近くにある鉄と土の町である第三の町へと辿《たど》り着き、早速《さっそく》転移用のポータルに登録して目的を完遂《かんすい》した。

五話　ダンジョンとタイムアタック

遂《つい》にパーティーメンバーが揃《そろ》った。

パーティーの司令塔《しれいとう》であり、状況《じょうきょう》に応じた柔軟《じゅうなん》性を持つ剣士《けんし》のルカート。

小柄《こがら》ながらに長槍《ながやり》と大槌《おおつち》を使い分けるパワーアタッカーのヒノ。

速さと手数。そして、ダンジョンや冒険《ぼうけん》に必要な様々な技能を持つ斥候《せっこう》役のトウトビ。

高火力で広範囲《こうはんい》や強大な敵を撃滅《げきめつ》する一撃必殺の魔法使《まほうつか》いのリレイ。

その一撃必殺の魔法使いを補助しつつも自分の持ち味である風と水の魔法の攻撃《こうげき》タイミングと発動の速さが武器のコハク。

そんな優秀《ゆうしゅう》なパーティーメンバーを得た私は――

「はぁっ！　――《フィフス・ブレイカー》！」

夜の森の中に光球を打ち上げて、昼間のような明るさの中で一心に剣を振《ふ》るっている。

次々と敵ＭＯＢを見つけては、ソロで挑《いど》んでいく連続バトル。

そして、延々と続けるサーチ・アンド・デストロイの戦いも、敵ＭＯＢの全滅、そして、エリアの境界線に立つことでやっと止まる。

戦闘《せんとう》後に自身のセンスステータスを確かめるも、始める前と大して変化の無いレベル。

そこで大きく息を吸い込み、夜空に向かって口を開く。

「——うわぁぁぁっ！　やっぱり、強さが足りない」

大きな声で叫《さけ》べば、辺りに私の声が木霊《こだま》する。しばらく長い息を吐《は》き出したところで振り返れば、点々と打ち上げた《ライト》の光球が浮《う》かび、その光が届く範囲《はんい》に戦闘の痕《あと》が見て取れる。

ビッグボア数体に、ボスＭＯＢのブレードリザード。それらが光の粒子《りゅうし》となって消えていく。

この戦果は、全《すべ》て私一人で行ったソロ討伐《とうばつ》レベリングの結果だ。

「はぁ、やっぱり私ってまだまだ弱いな。——《ハイヒール》」

ユンお兄ちゃんが聞いたら、冗談《じょうだん》かとか十分だろと言いそうだが、私基準で言えば、全然弱い。

そもそもお兄ちゃんのようなセンス構成が論外であるが、私のように剣と魔法を併用《へいよう》して使うというのはかなり玄人《くろうと》向けだ。

決められたセンス装備枠《わく》というリソースの中で、剣を中心とした物理と魔法を両立させる方法には、相当な工夫《くふう》が必要だ。

センスの組み換《か》えも視野に入れて配分を考えなければいけない。物理中心で、サブに魔法を、またその逆のパターンはありふれているけれど、私の目指すところは、完璧《かんぺき》な半々のバランスだ。

そのために、決定打に欠けやすく器用貧乏《びんぼう》になりやすい。それを補うプレイヤースキル磨《みが》きは必要だ。

「初期のボスと強めのＭＯＢ相手にダメージ受けちゃうなんて、やっぱり弱い」

そう、ぽつりと呟《つぶや》く私は、能力に特化したプレイヤーに負けないように自分を鍛《きた》えようと決心する。

魔法剣士のような器用貧乏になりやすいセンス構成も、メリットである手数の多さを伸《の》ばして、デメリットである決定打などを補うことができれば、誰《だれ》にも止められない強さが手に入るはずだ。

「だから、私は【白銀の聖騎士《パラディン》】って呼ばれたんだ。もう一度そう呼ばれるように頑張《がんば》らないと」

β《ベータ》版での二つ名だ。

その名に恥《は》じない強さをもう一度得たい。今度はセイお姉ちゃんやタクさんたちとじゃなくて、私たちのパーティーで手に入れる。

それが私の目標になっている。

「よーし！　もう一周するぞ！」

やる気出て来た！　と大きく愛剣を掲《かか》げる。今度は、走り抜《ぬ》けて来た森を逆走するように突《つ》っ切ろうと考えるが、そのタイミングでフレンド通信を受け取る。

「もう、やる気出してる時なのに、誰から——ってセイお姉ちゃんからだ！」

これからレベリングだというのを邪魔《じゃま》されて一瞬《いっしゅん》不機嫌《ふきげん》になりつつも、メニューに映し出された名前を確認《かくにん》して、気分が百八十度向きを変える。

『こんばんは。ミュウちゃん』

「セイお姉ちゃんだ、久しぶり！　私は元気にしてるよ！　って言ってもリアルでも連絡《れんらく》を取り合ってるから知ってるか」

リアルでは、セイお姉ちゃんは、大学進学のために下宿して遠くに行っていて、よく携《けい》帯《たい》やメールで連絡を取り合っているので互《たが》いに元気なのは知っているが、なんだかゲーム内では久しぶりな気がする。

『うん。ユンちゃんから夏休み中の生活態度とか聞いているから大丈夫《だいじょうぶ》だよ』

「それって……」

『ちゃんと宿題はやっているの？　ゲームばかりじゃ駄目《だめ》よ。ちゃんと宿題は進めないと』

「は、はーい」

まさか、セイお姉ちゃんから注意を受けるとは思わなくてショック。ちゃんと明日《あした》から宿題始めよう。わからないところはお兄ちゃんに教えて貰《もら》おう。

「そ、それでセイお姉ちゃんは、なんでフレンド通信を？」

私が宿題などの夏休み中の生活態度から話題を逸《そ》らそうと尋《たず》ねると、セイお姉ちゃんから、うーん、と少し間延びした考え込む声が響《ひび》いてから答えが返って来る。

『ミユウちゃんがどんな感じでやっているのか知りたくてね。ユンちゃんとの電話だけだとわからないことがあるからね』

つまり、ＯＳＯでの私の様子を聞きたいようだ。

だから私は、最近のことを一つずつセイお姉ちゃんに教えてあげる。

β版に引き続きヒノちゃんとパーティーを組んでいることを。

ルカちゃんとの出会いと野良パーティーでの不愉快《ふゆかい》なことを。

トビちゃんの可愛《かわい》さと洋服を色々と選んだりして遊んだことを。

コハクとリレイというおかしな二人組に声を掛《か》けられて、パーティーを組んだことを。

私がこれまでに経験した色んなことを延々と話すと、セイお姉ちゃんがフレンド通信越《ご》しに相槌《あいづち》を打つ。

『そうなんだ～』

「それでね！　コハクとリレイの力もあってゴーレムを倒《たお》して、第三の町に辿り着けたの！」

『ミュウちゃんは新しいお友達ができたみたいね』

なんだか褒《ほ》められたように嬉《うれ》しくて、えへへへっと笑ってしまう。

『そう言えば、ユンちゃんとは会ってるの？　ユンちゃんの様子は全然聞けてないんだよね』

「ユンお兄ちゃんかぁ。一度、クリス洞窟《どうくつ》のクエストに誘《さそ》ったけど、ムカデで悲鳴を上げてたよ」

私がその時の様子を思い出しながらセイお姉ちゃんに語ると、小声で、ユンちゃん、ご愁傷様《しゅうしょうさま》、とセイお姉ちゃんが呟いている。なんのことだろう？

「私が知っているのはそれくらいかな。あとは何をやってるかわかんない。タクさんとパーティー組んだり、近くのエリアでフラフラ歩いて素材採取とかしているみたいだよ」

『……そっか。じゃあ、やっぱり違《ちが》うのかな？　『謎《なぞ》のブルポ売り』の正体って』

小さくブツブツと呟くセイお姉ちゃんの言葉に小首を傾《かし》げる。何か考え事でもしているのだろうか。

『ごめんね、ミュウちゃん』

「ううん。別にいいよ。それよりお姉ちゃんの方はどうなの！」

『私？　私は、目下ギルド設立を目指して少しずつ準備中かしら』

そう答えるセイお姉ちゃんの言うギルドとは、プレイヤーの中心となって取り仕切る組織やグループのことだ。

同じ目的や趣味《しゅみ》嗜好《しこう》のプレイヤー同士が互いに助け合ったり、集まって楽しんだり、多人数ならではの遊び方の一つだ。

集まるプレイヤーの種類や人数によってその中身や活動は千差万別《ばんべつ》。戦闘系プレイヤーが中心に集まれば、活動的な戦闘系ギルドとなるし、ただ仲のいいプレイヤー同士がお話しするだけの同好会のようなギルドも存在する。

「そっかぁ。セイお姉ちゃんも色々やっているんだね」

『そうなのよ。それにβ版に居た生産系プレイヤーの半数近くが戦闘系プレイヤーに変わっちゃったりで、新たに生産系プレイヤーの育成の手伝いとかね』

まさか、ポーション不足になるとは思わなかった、とトホホと呟いているセイお姉ちゃん。私は、ポーション不足や価格高騰《こうとう》の煽《あお》りは受けなかったけどな。

「私は、【回復】のセンスがあるからポーションは保険だけど、大変なんだね」

『そうなのよ。今は少し値段が落ち着いたと言っても、作り手が少ないから回復量の高いポーションは、熾烈《しれつ》な争奪戦《そうだつせん》なのよ。それが良心価格なら奪《うば》い合いは苛烈《かれつ》になる』

大変だね。とセイお姉ちゃんの苦労話を聞きながら更《さら》に互いの近況を話し合っていく。

『ごめんね、ミュウちゃん。愚痴《ぐち》みたいになっちゃって』

「いいよ、そんなこと！　フレンド通信でもセイお姉ちゃんと話せてよかった。今度、久しぶりに会いたいなぁ」

『ふふっ、私もミュウちゃんに直接会いたいな。それにミュウちゃんの新しいお友達にも』

「うん！　セイお姉ちゃんにも紹介《しょうかい》したいし！　みんなにも紹介したい、自慢《じまん》のお姉ちゃんです！　って」

私の言葉に、なんだか恥ずかしいなぁ、と答えるセイお姉ちゃん。メニューの向こう側に居るはずなのに、頬《ほお》に手を当てて、あらあら、と困ったように微笑《ほほえ》んでいる姿が簡単に想像できた。

『それじゃあ、第三の町にも行けるようになったから運試《だめ》しにあそこに行く？』

「運試し？　ってあのダンジョン!?」

『そう。ミュウちゃんのパーティーの今後を占《うらな》う運試し』

そう答えるセイお姉ちゃんの言葉に、β版にあったとあるダンジョンであることが伝わってきた。

「面白《おもしろ》そう！　それじゃあ、みんなに訊《き》いてみるよ！」

『私もパーティーメンバーを探してくるわ。時間とか都合がついたらまた連絡取りましょう』

「うん。楽しみだね」

そう答えて、フレンド通信の接続を切る。

まずは、パーティーのみんなに予定を訊かないと。

そう思って、フレンド通信でルカちゃんたち全員の都合を訊いてみるとみんなオーケーとのことで、セイお姉ちゃんとの予定はすんなりと決まった。

みんな夏休みで暇《ひま》なのか、と思いながらもセイお姉ちゃんとの待ち合わせの日を期待しながら過ごし、ついに当日がやって来る。

その待ち合わせの場所で——

「——セイお姉ちゃぁぁぁん！」

だだだっ、と乾《かわ》いた地面を蹴《け》って駆《か》け出す私。

待ち合わせの時間、ルカちゃんたちとそこへ向かえば、既《すで》に一組のパーティーがダンジョンの入り口前に立っていた。

その中で、水色の髪《かみ》の後ろ姿を見つけて駆け寄る。

「えっ？　ミユウちゃ——きゃっ!?」

セイお姉ちゃんも私の声に気が付き振《ふ》り向くが、その時には私が飛びつくようにして抱《だ》き付いたので、セイお姉ちゃんは驚《おどろ》きの声を上げる。

「もう、ミユウちゃん。いきなりで驚くでしょ」

「ごめんね。それと久しぶり？」

驚きながらも優《やさ》しく諭《さと》すセイお姉ちゃん。私は、上目遣《うわめづか》いで謝るがそれでもセイお姉ちゃんに抱き付いたまま大きなおっぱいに顔を埋《うず》めて、その包容力を堪能《たんのう》する。

「はぁはぁ……姉妹《しまい》の美しい抱擁《ほうよう》。あの胸は人を駄目にするわね。ああ、駄目にされたい」

「リレイ。おーい、リレイ。あかん、トリップしてしもうた」

怪《あや》しい笑《え》みを浮《う》かべながら、セイお姉ちゃんのおっぱいから目が離《はな》せなくなっているリレイを、コハクが正気に戻《もど》そうとするものの、全く効果がなく、その内諦《あきら》める。

「ミユウちゃん。そろそろ紹介してくれるかな？」

「わかった！　この子たちが私のパーティーメンバー！」

そう言ってセイお姉ちゃんから離れて、順番に紹介する。

「彼女がルカちゃん！」

「私は、ルカートです。ミュウさんからルカの愛称《あいしょう》で呼ばれています」

「真面目《まじめ》そうな子ね。これからもミュウちゃんをよろしくね」

「次が、トビちゃん！」

「……トウトビ、です。あの、よろしくお願いします」

「ちょっと恥《は》ずかしがり屋さんかな。よろしくね」

セイお姉ちゃんは、ルカちゃんたち一人一人に声を掛けて挨拶《あいさつ》を交《か》わす。

「続いて、コハクとリレイ！」

「なんでうちらはセットでの紹介なんや！」

「時間短縮？」

「そういう配慮《はいりょ》はいらん！　……ゴホン。ご紹介に与《あずか》りました、コハクという者です。どうぞ、よろしゅう」

満面の笑みを浮かべ、和服系装備で綺麗《きれい》にお辞儀《じぎ》するコハク。その隣《となり》で、同じく紹介を受けたリレイは――

「ふふふっ、美人で巨乳《きょにゅう》なミュウのお姉さん。どうか、私のお姉様になってくれませんか？」

「あんたは黙《だま》っとき！」

不穏《ふおん》な発言をしたリレイの頭を、手に持つ扇子《せんす》でスパーンと軽快な音を立てて叩《たた》くコハク。

あれ、魔法《まほう》の杖《つえ》の効果も持つ装備なんだけど、ハリセンの役割もしていたのか、と思ってしまう。

そんな二人の反応を見たセイお姉ちゃんは、頬に手を当てて困ったように眉尻《まゆじり》を下げている。

「あらあら、ミュウちゃんの新しいお友達は、個性的な子もいるのね」

「なんかミュウのお姉さんの気遣《きづか》いというか、優しさが妙《みょう》に心にくる。変人やなくて個性的って表現が特に……」

「ふふふっ、中々に楽しいお姉様ですね。個性的という冗談《じょうだん》を。一体誰《だれ》のことでしょうか？」

「あんたや、あんた！」

ギャーギャー騒《さわ》ぐコハクとリレイの掛け合いも慣れたので、私は軽くスルーする。

最後に自己紹介するのは、β版からの付き合いであるヒノちゃんだ。

です」

「セイさん。お久しぶりです。それと、改めまして、ミュウのパーティーメンバーのヒノ

「ヒノちゃん、久しぶりね。元気にしていた？」

「元気過ぎていつも楽しく過ごしていますよ！」

満面の笑みで答えるヒノちゃん。セイお姉ちゃんとの身長差から近所のお姉さんと小学生という感じにしか見えないためか場の雰囲気《ふんいき》がかなり和《なご》む。

続いて、セイお姉ちゃんのパーティーメンバーの紹介も受けた。

セイお姉ちゃんのパーティーは、男性二人に女性四人だけど、男女の下心みたいなものがない和気藹々《わきあいあい》とした雰囲気が見て取れた。

互《たが》いの関係は良好そうだがその装備や立ち振る舞《ふま》いは、ゲーマーのそれだ。セイお姉ちゃんのパーティーメンバーは、こちらの装備からセンス構成を予測している。

それはこちらも同じことだ。まだその辺りが慣れていないルカちゃんやトビちゃんは、セイお姉ちゃんと和やかに話をしているが、私とヒノちゃん、それにコハクは、ちゃんと向こうの装備をチェックしている。

リレイは、一人別のものを確認《かくにん》しているようだが、無視する。

「パーティー構成は、変則的な前衛二人に後衛二人ってところやな」

「ボクの見立てだと前衛二人が壁役《かべやく》でメイン火力が後衛三人。一人が回復役《ヒーラー》だね。それに一人の装備は赤蜥蜴《とかげ》装備一式だよ」

「そう言えば、セイお姉ちゃんがポーション価格の高騰とか生産職から戦闘職《せんとう》への転向があったって言ってたから、ドロップ装備ってことかも」

私たちはこそこそと話をしているが、相手に聞こえていたようだ。

「セイの妹とそのお友達」

「は、はい！　勝手な詮索《せんさく》してごめんなさい！」

「いいんだ、別に。見立て通りだからね。ポーションの節約やドロップ装備の活用をしているのもホントだから。それにこの装備は、運良く手に入れただけさ」

「本当にごめんなさい」

話しかけて来た女戦士・ミカヅチさんは、気にしてないように明るく言葉にしているが、多少は気にしていることもあるだろうと思い、もう一度謝る。

「セイの妹に謝らせると私が後で怖《こわ》いからやめてくれ」

「うん？　それはどういうことかな？」

「それは、ちょっとしたあれだ……」

ヒノちゃんたちとの会話から戻って来たセイお姉ちゃんが、私たちと話していたミカヅチさんに詰《つ》め寄る。何かこの状況《じょうきょう》を抜《ぬ》け出す方法はないか、と視線を彷徨《さまよ》わせるミカヅチさんが、いい考えを思いついた、といった感じですぐに笑顔になる。

「そうだ。セイの妹に反省の気持ちがあるなら、ゲーマーとして私たちと勝負でもするか？」

「こら、そうやって逃《に》げて」

「まぁまぁ、セイさん。なんか面白いことになりそうですよ」

話を逸《そ》らそうとしたミカヅチさんをフォローするように、セイお姉ちゃんを宥《なだ》める回復役の人。口ではそう言いながらもミカヅチさんが何を言うのか期待している様子だ。

「私たちとこのダンジョンの攻略《こうりゃく》勝負だ。勝負の基準は、そうだな。タイムアタックってのはどうだ？　どっちのパーティーが先にダンジョンの奥深くのお宝を回収できるか」

親指立てて、彼女は背後にある黒い光沢《こうたく》のある石造りの門を指し示す。

「ルールって言ってもただの指標だ。私たちより早くダンジョンをクリアすれば妹たちの勝ち。負けてもタイムアタックやダンジョン攻略のモチベーションになるだろ。勿論《もちろん》、私たちも最速攻略を狙《ねら》う」

どうだ？　という提案。タイムアタックは、敵ＭＯＢやダンジョン構造だけでなく自己との戦いの要素がある。

本日の目的として運試《だめ》しでダンジョンに入る予定はある。ルカちゃんたちに目を向けると、デメリットがなくただの腕《うで》試しの指標となるのならと了承《りょうしょう》を得た。

「そのタイムアタック勝負受けます」

「それじゃあ、早速《さっそく》……「その前に互いのパーティーの確認とダンジョンの予備知識の共有ね」――わかってるよ」

ミカヅチさんが元気よくダンジョンの黒い石門へと進もうとしたが、セイお姉ちゃんに止められる。

それを見て、私たちも互いに向き合い、ダンジョンの情報共有を始める。

今回、攻略目標のダンジョン。それは、【不思議なダンジョン】である。

●

全五階層で構築されるダンジョン――【騎士団《きしだん》の試練】は、入る度《たび》ランダムに全く違《ちが》うダンジョンに変わる。

だから、他のプレイヤーと遭遇《そうぐう》することもない。そして、このダンジョンには更に特《とく》徴《ちょう》がある。

一つ目に、一階層ごとのダンジョンは、その構造と同様に出現するＭＯＢの種類がランダムに変更《へんこう》される。

二つ目に、一度入った階層は階層ごとに提示される課題をクリアすることでダンジョンからの脱出《だっしゅつ》か前進かを選べる。

この【不思議なダンジョン】のランダム生成と課題の難易度などによって、タイムアタックの難易度も変化する。

「それって、不利な勝負じゃない？　だってミカヅチさんやセイさんたちは何度もいろんなダンジョンに挑戦《ちょうせん》しているんですから」

「確かに普通《ふつう》のダンジョンで勝負したら負けるけど、ランダム要素が強いってことは、運がよければ勝てるってことじゃないかな。今の自分たちの実力を知るにはちょうどいいんじゃない？」

勝負ごとということでルカちゃんが真剣《しんけん》な表情でこちらを見てくるが、私は逆に気楽なものだ。私の今日の目標は、このダンジョンでそれなりに強いＭＯＢが出現する階層を引き当ててレベリングをするという運試しだったのだ。

それがレベリングからタイムアタックに変わっただけだ。

「それじゃあ、準備はいい？」

私が尋《たず》ねると全員が頷《うなず》く。

「そっちがいいなら始めるか。先にミュウちゃんたちのパーティーが入る。その五分後に私たちのパーティーが入ろう。同時だとこの狭《せま》い門から入りきらないからな」

そう言って、ミカヅチさんがメニューの中の普段《ふだん》あまり使われないタイマー機能を使ってダンジョン攻略の時間を計り始める。

「それじゃあ、いくね。レディー・ゴー！」

そう言ってタイマー数字が動きだすと同時に私たちのパーティーが黒い門へと踏《ふ》み込むと、全くダンジョンの門とは色合いの違う場所に飛ばされた。

煉瓦《れんが》造りの茶色の壁。そして、遠くに、緑色の皮膚《ひふ》をしたゴブリンたちを見つける。

「ここが、ダンジョンの中――」

「ほら、ルカちゃんたちは呆《ほう》けてないの。ボクたちのタイムアタックは始まっているんだから」

ヒノちゃんが軽く全員の背中を叩いて正気に戻《もど》し、メニューに表示される達成条件を確認する。

――『ゴブリン系ＭＯＢを20体倒《たお》せ。残り０／20』

「――《ソル・レイ》！」

「いきなり⁉」

達成条件を確認した直後、私は最近覚えたばかりの収束光線の魔法《まほう》を視認できる範囲《はんい》のゴブリンに放つ。一瞬《いっしゅん》で二体のゴブリンを貫《つらぬ》き倒したことで条件のカウントが2に増える。

「第一階層の最弱MOBで難易度も低いけど、時間が掛《か》かるタイプだからサクサクいくよ！」

そう言って一歩踏み出す私の、更《さら》に前にトビちゃんが出る。

「……罠《わな》の確認や斥候《せっこう》、索敵《さくてき》は私がします」

「おおっ⁉　トビちゃんお願い」

「じゃあ、右の通路に行きます」

そう言って前を進むトビちゃんの案内に従ってダンジョンを進む。

一回のゴブリン系MOBとの接触《せっしょく》で五、六体を発見しては次々と倒していく。

最初にコハクとリレイたちが魔法によって数を減らして、私、ルカちゃんとトビちゃん、ヒノちゃんが残りを一気に倒す。

ゴブリン系の中には、一段強いホブゴブリンや亜種《あしゅ》のケイブゴブリンなどが混ざっているが、強さに大差ないので次々に打ち倒す。

そして、条件の20体を達成したところで目の前の煉瓦造りの床《ゆか》がガコンと音を立てて下への階段を生み出す。

「タイムアタックなんだからもたもたしてられない！　次に行くよ、次！」

「今は……六分ちょいか。結構いいペースやな」

コハクは、メニューのタイムを口にしつつ次の階層へと降りていく。

次は、ちょっと物理耐性《たいせい》の強いゴーレムの劣化版《れっかばん》のようなＭＯＢであるクレイドールが徘徊《はいかい》している階層を引き当てたようだ。

ここでの条件は、クレイドールのレアドロップを五つ集めろ、というもの。

それには、魔法使いのコハクとリレイが活躍《かつやく》して次々とクレイドールを倒す。殲滅《せんめつ》スピードは速いがドロップ運は普通であるために、タイムは、ここまでで十二分ちょいとちょっと掛かったがいいペースだ。

そして、次の階層もゴブリン。

「階層の引きはいいけど、条件は——ああもう、運がない！」

第三階層での条件は、ダンジョンの宝箱からアイテムを探せ、というものだ。

敵が弱くて時間が一番掛かるタイプの条件に、運がない、と肩《かた》を落とすが考えていても仕方がないので歩いていくと、割と早く宝箱が見つかる。

唯一《ゆいいつ》問題があるとすれば、宝箱の罠をはずすのに時間が掛かるくらいだが、これが爆発《ばくはつ》と同時に中のアイテムが消滅《しょうめつ》するタイプだともう一度宝箱を探さなきゃいけないので、トビちゃん頼《だよ》りで祈《いの》っていた。

「……宝箱が開きました」

「やった！　トビちゃん、大好き！」

私は嬉《うれ》しさのあまり抱《だ》き付くが、すぐに離《はな》れる。危ない危ない、タイムアタックで無駄《むだ》な時間的ロスは厳禁だ、と思い直す。

私たちの様子を見ていたリレイは、鼻息を荒《あら》くしているが、コハクに問答無用で引き摺《ず》られて第四階層へと降りる。

第三階層は三分という驚異《きょうい》的なタイムで、現在十六分。これは余裕《よゆう》でタイムアタックの記録を更新《こうしん》できるんじゃないか、と予感させるが第四階層に構成されたダンジョンによって現実を思い知らされる。

「ああっ！　十分コースだ！」

私たちの目の前には、ダンジョン的な構造はなく、ただ広い煉瓦造りの広間が広がっていた。

今までのダンジョンとは違ってボス戦の場所と言われても過言ではない空間に、炎《ほのお》を纏《まと》った獣《けもの》や氷の爪《つめ》を持つ獣、体の表面を電気が走る獣、全身を岩石で覆《おお》われた獣の四種類の

ＭＯＢが待ち構えていた。

「四色獣に、条件は――『全ＭＯＢを倒せ』。よし、一秒でも早く倒そう！」

「ミュウちゃん。待った！　作戦なしだとキツイから連携《れんけい》されないように分かれて相手をしよう。それぞれの相性《あいしょう》のいい相手と当たって倒すよ」

「それでは、パーティーの強みを生かせないのではないですか？　私やコハクなんかは単独では無理だと思いますけど」

ヒノちゃんの提案に眉《まゆ》を顰《ひそ》めて尋ねるリレイ。

β版を知っている私とヒノちゃんだから通じる選択《せんたく》に少し反省する一方で、ヒノちゃんが丁寧《ていねい》に答えてくれる。

「四色獣は、プレイヤーと同じように連携して攻撃《こうげき》してくるんだよ。だから集団でぶつかるか個別で倒すか。この選択が必要なんだよ」

個別で撃破できれば、撃破したプレイヤーが他のサポートにも回れる。逆に他のプレイヤーの補助がないために自己のステータス管理がしっかりしていないと呆気《あっけ》なくやられてしまう危険性もある。

そして、ヒノちゃんが個別攻撃を勧《すす》める理由は、連携を阻《はば》む以外にも、みんなをヒノちゃんの攻撃に巻き込まないためでもある。

それを踏まえた上で、パーティーで戦うか、個別に戦うか。そして、みんなが選んだのは――

「個別で戦った方がいいならそれでいいのではないでしょうか？」

「……そういう理由なら異論はないです」

「せやな。ただ、魔法使いのうちらには誰《だれ》か付けてほしいな」

「ふふふっ、そうなると相性判断も必要ですね。私なら、雷獣《らいじゅう》でしょうか」

全員からの了承《りょうしょう》が得られ、個別の振《ふ》り分けが決まる。

炎獣《えんじゅう》には、ルカちゃんと水魔法を使えるコハク。氷獣には、トビちゃん。雷獣には、私とリレイ。そして、岩獣は、ヒノちゃんが担当することになる。

「駄目《だめ》だと思ったら防御《ぼうぎょ》に徹《てっ》して、他のみんなのサポートを待つ。それでいい？」

「問題なし」

「それじゃあ、いくよ！」

話が決まると広間へと飛び込む。

寝《ね》そべるような体勢から一瞬にして警戒《けいかい》態勢を取る四色獣たち。私たちは、一気にそれぞれが担当する獣へと接近して初撃を加える。

「はぁっ！」

真上から振り下ろす私の片手剣《けん》の一撃を受けた雷獣が、斬撃《ざんげき》の勢いを利用して後ろへと跳《と》ぶ。

初撃によるＨＰの減り方から雑魚《ざこ》以上、ボス未満の強さを感じて対峙《たいじ》する。

私の攻撃を皮切りに他のメンバーと獣たちとの戦いも始まる中で、雷獣はじりじりと前進しながらこちらの様子を窺《うかが》っている。そして、一瞬で加速してこちらへと爪を振るってきた。私はそれを剣でいなし、連続で振るわれる後ろ脚の蹴《け》りや体に纏う雷《かみなり》を避《よ》け続け、リレイのための時間を稼《かせ》ぐ。そして、雷獣の体当たりを剣の側面で受け止め、大きく離脱《りだつ》する。

「ふふふっ、準備できました！　――《フレイム・ピラー》！」

その直後に雷獣を飲み込むように立ち上がる火柱が生まれる。リレイを見れば、高火力の魔法を発動させたのがわかる。

私がすっとリレイを守る位置に移動すれば、火柱に飲まれながらもそれを突破《とっぱ》してこちらへと突進してくる雷獣。

私はリレイを守るために、雷獣の突撃に合わせ、片手剣を両手で構えて大きく前に踏み出し、雷獣を弾《はじ》き飛ばす。普段ならここで追撃して勝負を決めるが、雷獣の纏う電撃が剣へと伝わり、【麻痺《まひ》】のバッドステータスを受ける。

「――《キュア》！　よし、行ける！」

「――《フレイムランス》！」

状態異常《バッドステータス》の効果で追撃できない私に代わり、リレイがキッチリと雷獣を仕留めている。

「ふふふっ、さて、後はどうしますか？」

高火力によって一気に敵を制圧したリレイを頼《たの》もしいと思いながらも他のメンバーと獣たちとの戦いの様子へと目を向ける。

炎獣と相対しているルカちゃんとコハクは、コハクの水魔法が炎獣の動きを牽制《けんせい》してルカちゃんが攻《せ》めている。ここは、もうじき勝負が決まりそうなために援護《えんご》する優先順位は低そうだ。

次に氷獣と対峙しているトビちゃんは、直接攻撃力が低いために有効打を与《あた》えられていないが、一撃離脱《りだつ》によってダメージのリスクを抑《おさ》えつつ、速さによる手数の多さで小さいダメージを積み重ねている。

そして、岩獣を担当したヒノちゃんは――

「はぁ――《ブレイク・ハンマー》！」

大槌《おおつち》を振り下ろし外皮を覆う岩ごと砕《くだ》き倒《たお》すヒノちゃん。その戦い方は、普段のヒノちゃんとは違《ちが》い、タイムアタックに適した戦い方だ。

普段なら絶対にやらないような、防御を完全に捨てた最大ダメージで効率よく倒すノーガード戦法。自分に攻撃しようと近づく岩獣に対して、攻撃を受けると同時にカウンターでアーツを放つ。

時間短縮を目的とした周囲への配慮《はいりょ》を無視した攻撃こそが、ヒノちゃんが個別攻撃を提案した理由だ。

私は、すぐに回復魔法をヒノちゃんに放つ。

「――《ハイヒール》！」

「おおっ!? ミュウちゃん、ありがとう！」

「ヒノちゃん！ 一人で無茶し過ぎだよ！」

「そうかな？ タイムアタックをやるならこれが普通だけど、心配掛けてたらごめんね。それじゃあ、ボクはルカちゃんたちの方に行くから、ミュウちゃんたちは、トビちゃんの援護をお願いね」

それだけ言うと、大槌から長槍《ながやり》へと持ち替えたヒノちゃんが駆《か》け出す。

私はしばしヒノちゃんの動きを見ていたが、私の心配をちゃんと考えてくれたのか堅実《けんじつ》なプレイでルカちゃんたちと連携して炎獣を倒した。

私もヒノちゃんへの心配が杞憂《きゆう》だったと感じて、氷獣をトビちゃんとの連携を駆使《くし》して倒す。

この時点で二十二分。ヒノちゃんが強引《ごういん》に岩獣を倒してルカちゃんたちのフォローに入ってタイムを短縮できたから、もしかしたらタイムアタックの記録を更新できるかもしれない。

期待と不安を抱《かか》えたままダンジョンの第五階層へと足を踏《ふ》み入れ、その達成条件を見た瞬間《しゅんかん》——私はタイムアタックの達成を諦《あきら》めた。

●

「あー、鈍竜《どんりゅう》を引いちゃったか」

「ボクたちの挑戦《ちょうせん》はここで終了《しゅうりょう》だね」

あちゃー、といった感じで額に手を当てる私に対して、諦めて壁《かべ》に背中を預けて大きな声を出すヒノちゃん。

不思議そうに小首を傾《かし》げるルカちゃんたちは、第五階層から下る通路の中を窺《うかが》って顔を引き攣《つ》らせる。

第五階層へと降りて来たことで戻《もど》る道はなくなり、後はこの階層の課題を達成しなければ、出られない。

そして、私たちが引いた鈍竜とは……

「何ですか。あれは、恐竜《きょうりゅう》？」

「……トリケラトプスに似てますね。なんだか、可愛《かわい》いかもしれない」

「草食獣な見た目してても名前は竜やろ。倒すのはキツイんやないか」

「ふふっ、では、ここで休憩《きゅうけい》しますか？」

鈍竜は、この【騎士団《きしだん》の試練】のダンジョンに出現する最強のMOBだ。運が良ければ誰でもタイムアタックを狙《ねら》えるようなダンジョンで、絶対に引いてはいけない相手だ。強さで言えば、この付近で出現するボスMOBより上のランクの強さを持つ相手だ。

「ミュウさんもヒノさんも諦めるのは早すぎませんか？」

「だって、適正レベルよりも高い敵と戦うんだよ。まぁデス・ペナルティー覚悟《かくご》で挑《いど》んで負ける気はないけど、タイムアタック狙えないのはショックかな」

「ボクも勝てないとは思わないけど、ここまでが駆け足だったからちょっと休憩だね。だって耐久度《たいきゅう》高いし、硬《かた》いし、狭《せま》い場所で暴れるんだもん。回避《かいひ》は難しいよ」

通路から覗《のぞ》き見る鈍竜は、尻尾《しっぽ》を体に寄せているが、体全体が厚く硬い皮膚《ひふ》に覆われ、頭部には三本の角を持っている。果ては、竜特有のブレスという範囲《はんい》攻撃《こうげき》をしてくる。

広間でも狭く感じる大きさのために速く動けないのが救いである。

「それって攻略《こうりやく》方法はあるんですか？」

「うーん。そうだね。状態異常《バッドステータス》には弱いから毒のスリップダメージとか、壁への体当たり直後を狙ってダメージ蓄積《ちくせき》とかかな」

まぁ持久戦は必至《ひっし》の相手だ。

「…………」

「トビさん。どうかしました？　何か心配事ですか？」

私たちと同じように座り込んで話に耳を傾《かたむ》けていたトビちゃんだが、その表情は真剣味《しんけんみ》を帯びている。それをリレイに指摘《してき》されて、動揺《どうよう》が見て取れる。

「……大したことではないです」

「何か攻略のヒントになりそうなことでも気が付いたの？」

トビちゃんは隠《かく》されたものを見つける【発見】のセンスを持っている。ここに来るまでに単純な罠《わな》の発見や索敵《さくてき》にも役立った。そのトビちゃんの口から出た言葉は――

「……あの鈍竜ってどうやってあの中に入ったんでしょうね」

ズルっとコントのように倒れそうになる。まさか、そんなことでと思い目を向けると、言っている本人がマフラーを口元に寄せて恥《は》ずかしがっている。

「あー、ボクもそれ気になる。どうやって中に入ったんだろうね」

「ヒノちゃんまでそんなこと言って！」

私はヒノちゃんたちに改めて目を向けるが、ルカちゃんは顎《あご》に手を当てて考え込んでいる。

「確かに、あの大きさでは物理的に出入りが難しいから、卵の段階で持ち込み、このダンジョン内で成育した、という説も考えられますね」

「ルカートもなにを考えとんねん」

私とコハクは呆《あき》れてしまうが、すぐに考えを改める。ダンジョン【騎士団の試練】のバックグラウンドを想像するというのもゲームの楽しみ方の一つだ。一つ一つのアイテムや場所には設定がある。

確か、このダンジョンに関連したクエストには、ギルド設立クエストの一部があったはずだ。

「……このダンジョンって、騎士団の訓練用に作られた人造ダンジョンって設定じゃなかったかな？　騎士団に関《かか》わる魔物《まもの》と疑似《ぎじ》的に戦える場所って話」

「ふふふ、それなら強制的に集めた魔物は、亜《あ》空間で倒されても魔力的な何かで復活するから安全に訓練ができるとかそんな感じでしょうか」

「でも普通に騎士ＮＰＣ《ノン・プレイヤー・キャラクター》って鈍竜を捕《つか》まえられる強さかな？　百人集まっても無理だとボクは思うな」

「そこは、ＮＰＣにも規格外の強さの人間がいたとかじゃないの？　それなら辻褄《つじつま》が合うだろうし」

いつの間にか、みんなでこのダンジョンの設定などについての予想を話し始めた。途中《とちゅう》の達成条件は騎士の訓練のための条件だったり、出現するＭＯＢは捕獲《ほかく》されたＭＯＢ説や魔法使いが生み出した魔法生物説など、色々と飛び交《か》う。

それでみんなが盛り上がる中で一人話に入りそびれていたコハクも遂《つい》に参加する。

「うちも話に混ぜてぇな！　あの鈍竜は竜騎士が使役《しえき》していた竜って説とか面白《おもしろ》ないか？だって、今まで出て来たＭＯＢより気品というかなんか小奇麗《こぎれい》で可愛い目付きやん！」

「おっ、なんかその設定、ちょっと面白いかも！　それに空を飛ばない竜騎士ってのも味があっていいかもね。鈍竜の突撃と合わせて、その背中の上から槍で突《つ》く。まるで移動要《よう》塞《さい》だね」

「そうやろ！　ミュウは話がわかってくれて嬉《うれ》しいわ……はっ⁉」

いつの間にか、疎外《そがい》感から話に加わって来たコハクが冷静になって、恥ずかしそうに扇《せん》子《す》を広げて口元を隠す。

「まぁ、うちの空想はええんや。あの鈍竜をどうやって倒すか。それが大事や」

いつしか、話は逸《そ》れていたが、こんなバックグラウンドの予想で会話に花を咲《さ》かせることができたせいか気力が湧《わ》いてきた。

「よし！　ボクも元気が出て来た。作戦は——ターゲットのチェンジでどうかな」

ヒノちゃんが提示してくる作戦。それは、本来壁役が二人以上必要な戦い方だが、冒険《ぼうけん》はいつでも満足な状態で挑めない。そして、それ以上の作戦は誰も思いつかずに、全員が納得《なっとく》して鈍竜へと挑む。

「全員、指定の場所に！」

司令塔《しれいとう》のルカちゃんの指示で私たちは、鈍竜と戦う広間へと広がる。

鈍竜に向かって右側には、私とヒノちゃん、コハクが。反対側には、ルカちゃんとトビちゃん、リレイが配置に着く。

鈍竜は、突進やブレスなどの直線的な攻撃《こうげき》をして来るため、正面は危険で、さらに防御《ぼうぎょ》も硬い。よって正面に集まるリスクを減らすために左右に分散して、防御の薄《うす》い場所を少しずつ攻撃してHPを削《けず》る作戦だ。

『GUOOOOOOOOOOO——』

左右に私たちの配置が完了《かんりょう》すると同時に重鈍な鈍竜が起き上がり、咆哮《ほうこう》を上げる。

「先鋒《せんぽう》は、ボクが行くよ！」

そして、一番槍《やり》を務めるのは、ヒノちゃんだ。長槍を構えて、真横から鈍竜の頭部に広がるフリルの裏側の付け根へと突き入れる。

弱点への攻撃を受けた鈍竜は攻撃を嫌《いや》がるように体を捩《ひね》り、首を振《ふ》る。それによって右側の弱点をガードしようとするが、反対側からトビちゃんが安全重視で使い捨ての投げナイフを次々と放つ。

「ダメージは小さいけど、十分通じるね！」

私も負けていられないと弱点以外の比較《ひかく》的弱い脚部《きゃくぶ》や腹部を狙って斬《き》り付ける。同じように大剣のリーチから弱点を狙いにくいルカちゃんも反対側の同じ場所を攻撃していく。

鈍竜も踏み潰《つぶ》しや尻尾を振って反撃しようとするが、それらの攻撃を警戒《けいかい》しつつ慎重《しんちょう》に攻《せ》めているために上手《うま》く回避することができている。

そして、しばらく交互《こうご》に左右のフリル裏の弱点を攻めていると、鈍竜に特定攻撃の予備動作が見られた。

「全員、退避！」

ルカちゃんが号令を出すと同時にみんな速《すみ》やかに攻撃の手を止めて、前衛が鈍竜から距《きょ》離《り》を取る。

『WOOOOOOOOOOOO――――』

鈍竜の巨体《きょたい》が右側に立つ私たちの方に向けて横倒《よこだお》しになる。

広間全体が上下に揺《ゆ》れ、転ばないように重心を低くして耐《た》える。

横倒しの地響《じひび》きは、ブレスや突進と並ぶ鈍竜の強力な攻撃だ。だが、その攻撃の直後にルカちゃんたちの側ではやわらかい肉質である頭部を晒《さら》している。

「ふふふっ――《ファイア・ショット》！」

地響きが収まると同時にリレイが用意していた炎《ほのお》の槍が鈍竜の腹部に突き刺《さ》さり、鈍竜は、苦悶《くもん》の声を上げて、また起き上がる。

ターゲットがリレイに向いて、鈍竜は正面に据《す》えようと方向を変えようとするが、正面に捉《とら》えられないように左側側面に合わせて動く。

それを嫌《きら》った鈍竜が動きを止めて首を横に振り、口内から橙色《だいだいいろ》の光が漏《も》れ出すと同時に、

私とヒノちゃんは駆《か》け出す。

「とつげーき！　私に続け！」

「って言っても一番のダメージチャンスだからね！」

私は鈍竜の背に駆け上がると同時に、頭部のフリル裏へと武器を突き刺す。

鈍竜のブレス攻撃は、正面から横薙《よこな》ぎに放たれる爆炎《ばくえん》の範囲攻撃だ。

そして、リレイたちを追うようにして首を振るう鈍竜は、その間、頭部のフリルで熱波を遮《さえぎ》っているために、フリル裏の付け根が一番の安全地帯であり、弱点となる。

「ほな、うちが三人を守るとするか――《ウォーター・ラウンド》！」

コハクは、鈍竜のブレスに合わせて、水盾《みずたて》を生み出し、炎と水でダメージを相殺《そうさい》して、ルカちゃんたちへのブレスの威力《いりょく》を軽減する。その水盾を越《こ》えたブレスの余波をリレイの炎壁《えんぺき》が受け止めている。

「っと、ブレスが終わる。退避、退避！」

私は、慌《あわ》てて突き刺した剣を引き抜《ぬ》き、鈍竜の背から飛び退《の》く。

今度は、私たちがヘイトを稼《かせ》いだためにルカちゃんたちから再び私たちの方にターゲットが移り、鈍竜がのっし、のっしと向きを変えてくる。

ばちんと尻尾をダンジョンの床《ゆか》に叩《たた》きつけるところを見るとかなりご立腹なようだが、これも攻撃の予備動作の一つ。

「突撃《とつげき》が来るよ！」

「ああ、緊張《きんちよう》するなぁ。ギリギリまで逃《に》げられん、ってのは嫌《いや》やな」

後ろ脚でダンジョンの床を蹴《け》るモーションをする鈍竜を見て、嫌そうな顔をするコハク。

予備動作で突撃を察知して左右に避《よ》ければ、鈍竜は私たちを追って方向転換《てんかん》してくる。

そのため鈍竜が走り出したタイミングで避けるのが一番安全な迎撃《げいげき》方法だ。

「来るよ！」

ヒノちゃんの合図と共に突撃を始める鈍竜。

頭部に広がるフリルは、正面から見れば迫《せま》る壁《かべ》のようで圧倒《あっとう》されるが、十分に引き付けてから横へと避ける。

「ミュウさんたち、無事ですか」

「大丈夫《だいじょうぶ》だよ！　それよりトビちゃん！」

突撃してきた鈍竜がその勢いのままぶつかった壁が大きく抉《えぐ》れ、砂煙《すなけむり》が立ち込める中で、私たちは無事であることを伝え合う。その一方で、静かに鈍竜へと近寄り、背に乗ったトビちゃんは、突撃後の隙《すき》だらけのフリルの裏へと無事に辿《たど》り着く。

「……いきます。――《ネックハント》！」

フリルの裏の弱点へと放たれるアーツが弧《こ》を描《えが》き、血のような赤いエフェクトを散らす。

特定の弱点への大ダメージとアーツの効果が重なって前衛で一番攻撃力の低いトビちゃんが今までで一番高いダメージを叩き出す。

すぐさま鈍竜の背から飛び退いたトビちゃんは、ルカちゃんたちの元へと戻《もど》り、次の攻撃に備える。

正面を避けて左右からダメージを与《あた》えるこの戦い方で徐々《じょじょ》に鈍竜のHPを削っていく。

そして、全員が大したダメージを負うことなく、だが集中力が切れかかってきたその時、事態は動く。

「残りHPは、二割！　あと一息です！」

「ふふふっ、なら決めますか。コハクはタイミングを合わせなさい！」

「命令せんでもトドメはきっちり刺したる！」

鈍竜を挟《はさ》む形で声を張り上げるコハクとリレイ。二人は最後の一撃を放つ。

「──《フレイム・バーン》！」

「──《リトル・トルネード》！」

二人の魔《ま》法《ほう》が相乗効果によって威力を増して鈍竜を飲み込む。

炎が風に煽《あお》られてダンジョンの広間の床や壁に沿って熱気を撒《ま》き散らし、強い光を生み出して目を眩《くら》ませる。

『GUOOOOOOOOOOOO──────』

炎の中から鈍竜の咆哮が上がる。最期《さいご》の叫《さけ》びかと思い剣の切っ先を下げるが、次の瞬間《しゅんかん》、炎を突き破って鈍竜が突撃してくる。

「しまった!!　コハク、逃げて！」

私が声を上げるが、炎が生み出した光が鈍竜の予備動作を隠《かく》してしまい、炎を突き破って来る瞬間まで気が付かなかった。私が気付いた時には、コハクに狙《ねら》いを定《さだ》めた鈍竜が走り始めていた。

鈍竜を追うように駆け出すものの、追いつけない。その時コハクと鈍竜との間にヒノちゃんが飛び出す。

「させるかぁぁぁぁっ！　――《一点突き》！」

突撃の勢いを真正面から受け、額の最も硬《かた》い部分に槍のアーツを突き立てる。

青いエフェクトを発する一点集中の突きが鈍竜の額に吸い込まれる。一瞬の拮抗《きっこう》を見せたが、突き刺さる長槍の勢いが押し負けて、ヒノちゃんは撥《は》ね飛ばされて壁に叩きつけられてしまった。

正面からの攻撃を受けた鈍竜の突撃の軌道が右へと逸れて、コハクの横を通過し、そのままの勢いで部屋の隅《すみ》へと激突する。

「ヒノちゃん！」

「ボクは、大丈夫だよ。それより、コハクを守って」

壁に叩きつけられたヒノちゃんは、ノロノロとした動きで立ち上がり、インベントリからポーションを取り出して呷《あお》る。

撥ね飛ばされた勢いでヒノちゃんの手は長槍から離《はな》れていたが、槍は鈍竜の額に浅く突き刺さったまま残っていた。

「はぁ、ちょっとリーチに心配あるけど、頑張《がんば》るかな」

ヒノちゃんは、もう一つの武器である大槌《おおつち》を取り出して両手で構える。

「それじゃあ、回復が足りないよ。──《ハイヒール》」

「ありがとう。ミュウちゃん」

「すみません。私たちが勝負を焦《あせ》ったばかりに！」

謝罪の言葉を口にするリレイと庇《かば》ってくれたことを口にしようとして言えないコハク。

「コハクとリレイ──」

二人の言葉を遮るヒノちゃんは、満面の笑《え》みで次の言葉を告げた。

「──後で反省会だよ！　大事な武器を手放しちゃったボクも含《ふく》めて」

そう言って、正面に鈍竜を見据《みす》えるヒノちゃん。

広間の隅へと突撃した鈍竜。避ける時に鈍竜が四隅に向かわないように注意して誘導《ゆうどう》していたが、これは仕方がない。隅っこは、鈍竜の死角を減らし、左右から狙うことができなくなるのだ。

リレイとコハクの連携魔法《れんけいまほう》で、鈍竜の残りＨＰは一割未満。その状態でも鈍竜なら私たちを全滅《ぜんめつ》させる可能性すらある。

勝負は一撃で決める。

『GUOOOOOOOOOO――――』

咆哮を上げながら口を大きく開き、ブレス攻撃の予備動作を見せる。

それと共に前衛の私たちは一斉《いっせい》に駆け出し、ブレスより先に一撃を叩き込む。

「全員無事にダンジョンを抜けるんや！　――《ウィンドシールド》！」

「こういう時、補助系のスキルがないのが悔《く》やまれますね――《ファイア・ショット》」

コハクは、ブレス攻撃のダメージを軽減させるべく私たちの前に風の障壁《しょうへき》を張る。リレイは、残り少ないMPを絞《しぼ》り出して、散発的に光弾を放つが、鈍竜の硬い防御《ぼうぎょ》に防がれる。

そして、準備が終わった鈍竜が右から左へと薙《な》ぎ払《はら》うように体内に溜《た》め込んだブレスを放出していく。

「魔法やブレスだって切り裂《さ》いてみせます。はぁあっ――《ショック・インパクト》！」

大上段から振り下ろすルカちゃんの大剣が衝撃波《しょうげきは》を生み、ブレス攻撃を押し返す。だが、後から続くブレスの奔流《ほんりゅう》が押し返す衝撃波も飲み込んで私たちに迫る中で――鈍竜のブレスが頭上を通過する。

「……《ミスディレクション》」

敵MOBの対象や認識《にんしき》をズラして攻撃《こうげき》を回避《かいひ》するトビちゃんのスキル。それによってブレスの直撃を避け、余波をコハクの障壁で防ぐ。

そして、鈍竜の正面に接近した私たちは、アーツを放つ。

「その防御をぶっ壊《こわ》す！　――《アーマー・ブレイク》！」

私が防御低下の効果を持つ斬撃《ざんげき》を放ち、鈍竜の防御力を下げる。それでも防がれた攻撃だが、最後はヒノちゃんに任せる。

「――《ブレイク・ハンマー》！」

迷いなく振《ふ》るわれる大槌が鈍竜の額へと真っ直《す》ぐに吸い込まれていく。そして、浅く突《つ》き刺さっている長槍の石突《いしづ》きを叩く。槍は硬い額を貫《つらぬ》き、後から続くハンマーが頭蓋《ずがい》骨《こつ》を砕《くだ》いていく。

一瞬の静寂《せいじゃく》。そして、遅《おく》れて横倒しになる鈍竜。続く第五階層の条件達成とダンジョンクリアの報酬《ほうしゅう》を手に入れて、私たちは、鈍竜に打ち勝ったことを実感した。

●

「やったぁ！　ダンジョンクリア！」

全五階層のダンジョンをクリアして、入る時と同じように黒い門から外へと出れば、日光が出迎《でむか》えてくれているようだ。

結局、タイムアタックはどこへやら一時間以上掛《か》かってしまった。

「ミュウちゃん、お帰りなさい」

「セイお姉ちゃん、ただいま。やっぱり、私たちの方が遅《おそ》かったぁ〜。全部鈍竜が悪いんだぁ！」

タイムアタック勝負は、私たちの負けだ。と思い、脱力《だつりょく》する勢いのままセイお姉ちゃんに抱《だ》き付く。

あらあら、と微笑《ほほえ》みながら頭を撫《な》でてくれるお姉ちゃんに身を委《ゆだ》ねてお姉ちゃん成分を補充《ほじゅう》していく。

「タイムアタックではお姉ちゃんたちに負けたけど、いい経験になったよ。ありがとう」

私が抱き付いたまま言うと、セイお姉ちゃんは困ったように眉尻《まゆじり》を下げて、ミカヅチさんの方を向く。

くくっと喉《のど》を鳴らして笑うミカヅチさんは、私たちの考えを訂正《ていせい》する。

「タイムアタックは、ミュウちゃんたちの勝ちだ」

「えっ？　あのタイムで？」

鈍竜さえ引かなければ、三十分程度でクリアできたはずだが、結果は一時間以上掛かってしまった。それで勝ちというのはどういうことか。セイお姉ちゃんへと目を向けると言い辛《づら》そうにしながらも話してくれる。

「えっと……私たちは、第一階層でミュウちゃんたちと同じように鈍竜に当たりました」

ああ、私たちと同じように運がなかったんだな、と思ったが、それ以上にセイお姉ちゃんたちは運がなかったようだ。

「何とかパーティーの被害《ひがい》を一人に抑《おさ》えて先に進んだら、第二階層でも鈍竜が待ち構えていたの」

「それに二匹《ひき》目の鈍竜なんて、出会い頭《がしら》に『やぁ、さっきぶりだね。じゃあ死ね』って感じで開幕ブレスを放ってきやがったからな」

「ああ、それは……」

ランダム生成であるためにありえないとは言えないが、超《ちょう》超低確率だ。それを引き当てるなんてどんだけ運が悪いの。と思う一方で、鈍竜一匹と戦って勝っただけでも経験値的には美味《おい》しいのでその面では運がいいかもしれないとも思う。

「ううっ、その開幕ブレスで二人リタイア。残った私たちは善戦したけど、負けちゃったんだよね」

「タイムアタックの挑戦《ちょうせん》時間は、二十七分で鈍竜に敗北ってところだな。まぁ鈍竜との戦《せん》闘《とう》でレベルが結構上がったから悪くはないけどな」

「その分、消耗品《しょうもう》のポーションやMPポーションをガンガン使っちゃって補充が必要だけどね」

困ったような笑みを浮《う》かべるセイお姉ちゃん。今は、デス・ペナルティーの効果が切れるのを待ちながら談笑《だんしょう》していたようだ。

そんな中でセイお姉ちゃんがぽつりと呟《つぶや》く。

「それにしても物欲センサーって奴《やつ》かな。欲《ほ》しいアイテムを探しているのにそれ以外を引いちゃうって。鈍竜に挑《いど》もうと周回しても出ないのに、こういう時だけ出るって」

「物欲センサー？　何か欲しいアイテムでもあったの？」

呟いたセイお姉ちゃんに対して、尋《たず》ねれば、答えてくれる。

「ギルド設立クエストの第二段階クエストに必要な【準騎士《きし》の証《あかし》】を先に手に入れようと思ってね。まぁ、他の関連クエストも進んでいないからミカヅチたちと一緒《いっしょ》に気長にやる予定よ」

「うーん。【準騎士の証】か」

そんなアイテム手に入れた覚えはないよね。と思っていると、トビちゃんがおずおずと手を上げてくる。

「……あ、あの、そのアイテムならあります」

「あれ？　あるっていつ手に入れたの？」

「……第三階層の宝箱で手に入れました。ただ、タイムアタック中だったので確認は後回しにしていたので忘れていました」

「あー、それならダンジョン攻略《こうりゃく》も終わったことだし、戦利品の確認をしようよ。鈍竜のドロップも確認してないし」

ヒノちゃんの提案を受けて、私たちは後回しにしていたドロップアイテムなどを確認していく。

タイムアタックで最低限の戦闘で進んでいたためにドロップアイテムはそれほど多くない。また、それほど目を引くアイテムはなく、目ぼしいアイテムは、宝箱から手に入った【準騎士の証】以外は、鈍竜のドロップが素材としていいものという程度だった。

そして、セイお姉ちゃんたちは――

「いいなぁ、セイお姉ちゃんの手に入れた強化素材。鈍竜のレアドロップとか」

「うーん。私は、魔法使《まほうつか》いだからミュウちゃんが言うほど【鈍竜の三本角】の追加効果って恩恵《おんけい》ないんだけどなぁ」

セイお姉ちゃん、絶対に運の使いどころ間違《まちが》っているよ、というようなドロップ運。自分が欲しいアイテムは手に入らないのに、他人が欲しいアイテムを手に入れて、いつもトレードで手に入れている。

みんな幸せになるけど、その過程が不運というか、運の使いどころがおかしいのはセイお姉ちゃんらしい。そして、今回も――

「それじゃあ、ミュウちゃんたちの持つ【準騎士の証】と交換《こうかん》する？」

セイお姉ちゃんが首を傾《かし》げつつ、訊《き》いてくる。

「いいの？　でもレアだよ」

「私は、魔法使いで使わないから」

そう言って簡単にレアドロップを手放そうとするセイお姉ちゃん。私がルカちゃんたちに目を向けると、必要ならトレードしていい、と了承《りょうしょう》してくれる。

「わかった。それじゃあ、トレードね」

メニューのアイテム交換で【準騎士の証】と【鈍竜の三本角】を交換するが、交換の後のことを考えてなかった。

セイお姉ちゃんたちは、目当てのアイテムを手に入れて喜ぶ一方で、私たちは誰《だれ》がこの強化素材を使うかで顔を見合わせる。

「これ、どうしようか。武器に使えば【物理攻撃上昇《こうげきじょうしょう》】。防具に使えば【物理防御上昇《ぼうぎょ》(小)】の追加効果が付くよ」

「ふふふっ、汎用性《はんよう》が高いですね。ですが、魔法使いには無用ですね」

「せやな。なら、前衛の誰かが使った方がええやろ」

そう言って【鈍竜の三本角】を譲《ゆず》る魔法使い組。私もバランス型であるために物理を強化するつもりはなく、トビちゃんも他に譲ると判断した。

「さて、ボクとルカちゃんの二人だけど、どうする？」

「私よりもヒノさんの方がふさわしいと思います」

「ホントにいいの？　ルカちゃんだって必要でしょ？」

「欲しいですけど、私の剣《けん》は、まだ代用のドロップ品ですからね」

そう言って、ルカちゃんは、自分の剣の柄《つか》を撫でる。

これで話は決まり、【鈍竜の三本角】をヒノちゃんに渡《わた》す。

それを受け取ったヒノちゃんは、何度か瞬《まばた》きして表情を引き締《し》める。

「ヒノちゃんの活躍《かつやく》を期待してるからね」

「期待されちゃったら応《こた》えないとね。それなら、ボクは今まで以上にこの大槌《おおつち》で全部薙ぎ払っていくよ！」

ヒノちゃんは、自慢《じまん》のパワーを更《さら》に高めてパーティーの一角を担《にな》っていくことを決意した。

そして、パチパチパチと拍手《はくしゅ》の音が響く。

「いやぁ、女友達同士の熱い友情が見れてよかったよ」

「むぅ、ボクたちのやり取りは見世物じゃないんだよ」

「悪い悪い」

ミカヅチさんの反応にぷくっと頰《ほお》を膨《ふく》らませて不満を表すヒノちゃん。

「まぁ悪いついでにクエストでも受けに行くか？　妹ちゃんたちの運と実力を見込んで」

「えー、なんか利用されてるっぽいんだけど……」

「悪いようにはしないさ。ただの最前線で合同狩《が》りをしながらクエストの収集物を集めるだけってところだ」

ミカヅチさんの軽い様子に対して、横に立つセイお姉ちゃんを窺《うかが》えば、軽く頭を下げて謝ってくる。

「ごめんね。ミカヅチが強引《ごういん》で」

「うーん。まぁ、いいんじゃない。効率的なレベリングもできるだろうし」

たまには、知らない人との交流を楽しむのもいいかも、と思えば全員乗り気だ。負けたとは言っても鈍竜と連戦したミカヅチさんとセイお姉ちゃんたちの実力を知りたいのかもしれない。

「まぁ、楽しく行きますか」

ミカヅチの号令と共に移動する私たち。移動中にはデス・ペナルティーが切れるだろう。

そして、これが後に設立されるギルド【ヤオヨロズ】との最初の交流だった。

セイお姉ちゃんたちはこの時の狩りの成果でギルド関連のクエストを進めると同時に、町に散らばるドロップ収集系クエストの指定アイテムを中心に集め、クエストの収集アイテムを譲る代わりに、私たちは強めのドロップ装備やアイテム、強化素材を貰《もら》った。

その時は、使えそうなアイテムを手に入れた、と喜んだが、後日、集めた指定アイテムでのクエスト報酬《ほうしゅう》の総額を聞いて少し悔《くや》しく感じた。手間と時間を惜《お》しまないとそんなに違うのかと改めて学ぶ。

しばらくして、ちょっと陽気ながら強《したた》かなミカヅチさんと、それを隣《となり》で諌《いさ》めながら補佐《ほさ》するセイお姉ちゃんがギルドを設立したと聞いた時、このギルドは大きくなるだろうという予感がしたのは、私のちょっとした秘密だ。

了

あとがき

はじめましての方、お久しぶりの方、こんにちは。アロハ座長《ざちょう》です。

この本を手に取って下さった方、担当編集のAさん、作品に素敵《すてき》なイラストを用意して下さったゆきさん様、また本編の作品を見て下さった方々に多大な感謝をしております。

当作品は、ドラゴンマガジンにて連載《れんさい》中の外伝シリーズを文庫化したものです。

この度《たび》の、主人公の妹・ミュウが主役のOSOのスピンオフ作品は楽しんで頂けたでしょうか、楽しんで頂けたのなら幸いです。

このOSOスピンオフ企画《きかく》がどのように始まったのか、それは編集さんからの一通のメールから始まりました。

三月上旬《じょうじゅん》のある日、五月に発売を控《ひか》えた本編五巻の特典SSや同月発売のコミカライズの単行本に載《の》せる応援《おうえん》コメントやSSを作成している時、しれっとスピンオフ連載企画立ち上げのメールが担当編集から届きました。

まさかの予想外。一度、短編集みたいなものを書いてみたいと言ったことはありますが、その時は、本編で拾えないような話を集めて短編集かな、と思っていたら、まさかの攻略《こうりゃく》街道爆走《かいどうばくそう》中の妹・ミュウが主人公とのお話。

雑誌連載は、一巻発売前に一度だけドラゴンマガジンに書き下ろし短編を掲載《けいさい》させて頂いて以来、実に一年ぶりのことに、『文字数はどうだっけ⁉』『文庫にした時のページ数と話数は⁉』と内心ガクブル状態で打ち合わせに挑《いど》みました。

一冊四話構成のプロットを持ち込み、打ち合わせの中で修正していき、最終的に一冊五話、約十万文字という形が決まり、安心して書き始めることができました。

そんな書き始めた一巻目のメインテーマには「パーティー完成」を中心として置きつつ、女の子ばかりの四コマ漫画《まんが》的なゆるい雰囲気を目指しました。

作中ゴーレム戦での動きのネタは、ダークソウルのボス戦など、安全地帯をとりつつの攻防を意識しています。

また、ダンジョンのタイムアタックのアイディアは、私が昔から好きだった.hackシリーズの影響《えいきょう》がかなり出ているのではないかと思います。

.hackシリーズのタイムアタックは、三つのワードからなるエリアでどれだけ早くダンジョン最深部まで辿《たど》り着くかを競《きそ》うものでした。その重要な鍵《かぎ》となるのは、プレイヤーの能力だけでなく、三つのワードを組み合わせて生成されるエリアの初期地点からダンジョンまでの距離《きより》、階層、戦闘《せんとう》回数などの要素でした。タイムアタックの話では、そうしたプレイヤーの能力以外の要素がランダムになったら……？　というお話にしました。

また、ゲームなら一度はやってみたいコスプレ装備など、短編ならではのゆるい面も楽しんで頂けたのなら幸いです。

これからも私、アロハ座長をよろしくお願いします。

最後にこの本を手に取ってくれた読者の皆様《みなさま》に、改めて感謝を申し上げます。

また皆様に出会える日を楽しみにしております。

二〇一五　十一月　アロハ座長

初出

ミュウとハイスピードレベリング
ドラゴンマガジン2015年7月号

ルカートとゴーレム先生
ドラゴンマガジン2015年9月号

トウトビとファッション
ドラゴンマガジン2015年11月号

コハクとリレイ
ドラゴンマガジン2016年1月号

ダンジョンとタイムアタック
書き下ろし

富士見ファンタジア文庫

Only Sense Online 白銀《はくぎん》の女神《ミューズ》
—オンリーセンス・オンライン—
平成27年12月25日　初版発行

著者——アロハ座長《ざちょう》

発行者——三坂泰二
発　行——株式会社KADOKAWA
http://www.kadokawa.co.jp/
〒102-8177
東京都千代田区富士見2-13-3
電話　03-3238-8521（カスタマーサポート）
印刷所——暁印刷
製本所——BBC

ISBN978-4-04-070772-3 C0193

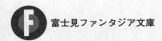

最強の"生産職"が

【センス】と呼ばれる能力を組み合わせ"唯一"の強さを目指すＶＲＭＭＯＲＰＧ――「オンリーセンス・オンライン」ゴミと名高い不遇センスばかり身につけてしまった初心者MMOプレイヤー・ユン。だが、補助魔法とアイテムを駆使していくうちに誰も知らなかった"最強"のサポートスタイルに気づき始め――!?

ファンタジア文庫

アルザーノ帝国魔術学院非常勤講師・グレン＝レーダスは、まともに教壇に立ったと思いきや、黒板に教科書を釘で打ち付けたりと、生徒もあきれるロクでなし。
そんなグレンに本気でキレた生徒、“教師泣かせ”のシスティーナ＝フィーベルから決闘を申し込まれるも──結果は大差でグレンが敗北という残念な幕切れで……。しかし、学院を襲う未曾有のテロ事件に生徒たちが巻き込まれた時、グレンの本領が発揮され──!?

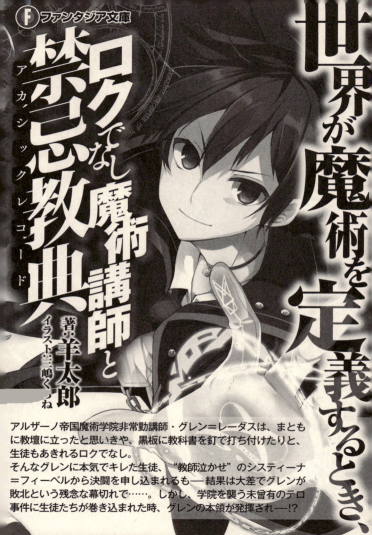

真理の講義が始まる
第26回
ファンタジア大賞
大賞
受賞作
ロクでなしが織り成す
新世代学園アクションファンタジー
第1～5巻好評発売中!!

くつがえす!
英雄譚!!
大人気
Web発小説が
ファンタジア文庫に
見参!!
1〜6巻＆外伝 好評発売中!
ファンタジア文庫

七つの神話の神々を

マヤ・アステカ・日本・インド・エジプト・ギリシャ・北欧・ケルト。
かつて地上に顕《あらわ》れた七つの神話の争いは、地を割り、空を裂いた。
終結から十年――。先の戦争で妹を奪われた少年・神《しん》仙《ぜん》雷《らい》火《か》は、
絶海の孤島《ローラシア》にある『学園』に降り立つ。ここでは、夜時間と呼ばれる
放課後、神格適合者による『神話代理戦争』が行われていた！
忌むべくはずの神話の力、復讐の力で、超越なる神々から世界を奪《と》り戻せ!!

ファンタジア文庫
支配せよ――!!
いずれ神話の放課後戦争《ラグナロク》
A RAGNAROK TO BE A MYTHOLOGY
the author なめこ印
illustrator よう太
神々が世界の覇権を争う
学園ヒロイックバトルサーガ
1,2巻好評発売中!

第29回
ファンタジア大賞
原稿募集中！
賞金
大賞
300
万円
最強に面白い作品、
待ってるわよ！
選考委員
第17回
受賞
第17回
受賞
第20回
受賞
葵せきな×石踏一榮×橘公司
「生徒会の一存」「ゲーマーズ！」
「ハイスクールD×D」
「デート・ア・ライブ」
×ファンタジア文庫編集長
締め切り
第29回
後期
2016年2月末日
「空戦魔導士候補生の教官」
著：諸星悠　イラスト：甘味みきひろ（アクアプラス）
投稿＆速報最新情報
ファンタジア大賞WEBサイト http://www.fantasiataisho.com/
富士見ラノベ文芸大賞も同サイトで募集中